KB253329

너무나 엽기적인

기담과 괴담

구성·김 영 진

엘맨미디어

■ **시작하면서**

지구촌은 넓고 얘깃거리들도 많다.

못말릴 사건들이 날이면 날마다 여기저기서 앞뒤 가리지 않고 발생하기 때문이다.

우리가 항상 접하게 되는 일간지와 주간지, 잡지 등은 그야말로 쏟아 붓기라도 하는 것처럼 온갖 종류의 이야기들을 앞다투며 소개한다. 그것들 중에는 당연히 재미있는 내용도 많고, 희한한 내용도 많고, 상식적으로 믿기 힘든 놀라운 내용들도 많으면, 가슴이 찡해지도록 감동적인 내용들도 많다.

한데, 그것들 중에는 1회용 읽을거리로 사용하고 버리기에는 너무나 아깝다고 생각되는 내용들이 의외로 많다는 점이 나의 촉각을 건드렸다. 따라서 그것들을 한데 모아 책으로 엮는다면 바쁜 생활에 지친 현대인들이 잃고 미소지으며 한동안이나마 스트레스를 해소시킬 수 있는 별난 치료제가 되지 않을까 라는 생각을 자연스럽게 하게 되었다. 그것이 이책자 「너무나 엽기적인 기담과 괴담」을 만들게 된 동기라고 말할 수 있다.

이 책의 특징은 한 마디로 말해서 「기이한 이야기들만의 집합체」다. 아무쪼록 만화를 보는 것처럼 가벼운 마음으로 읽어 주시기 바란다. 이 책에 실린 내용들은 대체적으로 1995년 초부터 2003년 11월 말까지 소개된 사건과 이야기들을 중심으로 만들어졌다.

엮 은 이

목 차

너무나 엽기적인 **기담과 괴담**

1.
괴 담

▌홀아비를 유혹한 요괴

때는 원나라 말엽이었다.

크고 작은 부족들이 사방에서 일기 시작했는데 그 가운데 상당한 세력이 있는 방국진(方國珍)이란 자가 점동(店東)지방의 세력을 잡게 되었다.

그로부터 방국진은 정월 보름이면 백성들에게 닷새 동안 등불 놀이를 하게 하였다.

그 때 한 마을에 교생(喬生)이라는 자가 있었는데 젊은 아내와 사별하고 쓸쓸한 나날을 보내고 있었다. 정월 보름께라고는 하지만 그 지방은 몹시 따뜻한 날씨가 계속되었다.

여자들은 등불을 켜서 들고 삼삼오오 떼를 지어 등놀이를 하였다. 교생이 쓸쓸함을 이기지 못하여 밖으로 나와 보니 등불에 비친 젊은 여인들의 얼굴은 실로 아름답기 짝이 없었다.

'죽은 내 아내도 저들과 함께 있었으면……'
하면서 죽은 아내의 얼굴과 등불놀이를 하는 여인들을 비교해 보았다

"아아…… 인생은, 참으로 허무하구나."
교생의 마음은 고독하다는 말만으로는 표현될 수 없었다.

등불놀이를 하는 여인들은 저편에 있었는데, 바로 가까이에서 향수

냄새가 요란히 풍겨 왔다. 여인에 굶주린 교생의 발달된 취각 때문만
은 아니었다.

교생은 힐끗 뒤를 돌아다 보았다.

조그만 몸종 아이에게 등불을 들리고 그쪽으로 걸어오는 젊은 여
인이 있었다. 붉은 모란꽃 두 송이로 등불을 장식하고 있었다.

여자의 나이는 그다지 많지 않은 십팔 세나 되었을까 한 처녀였다.
교생의 앞을 지나가는 그 여자는 매우 처녀다웠으며 수줍어하는 티
가 있었다.

교생이 그 얼굴을 한 번 보니 아름다움이 죽은 아내와는 비교가
안 되었다.

여인에게서 짙은 향수 냄새가 코를 찌르도록 풍겨 왔다. 교생은 어
느덧 자기를 잊어버리고, 황홀한 심사가 되어 그 여인의 뒤를 따라갔
다. 여인은 별로 꺼리는 빛이 없었다.

교생은 짐짓,

"등불놀이를 나오셨군요."

하며 여자에게 접근했다

"아이와 함께 나왔는데 사람들도 별로 많지 않고 재미가 없어서
그냥 돌아가려던 참이에요."

고운 음성이 맑은 물처럼 흘러 나왔다. 여자는 별로 부끄러워하는
기색을 보이지 않았다.

"실례올시다마는 제 집이 이 근처인데 잠시 놀다 가시지 않으시겠
습니까? 저도 외로운 사람입니다."

"폐가 되지 않을까요?"

여자는 종 아이를 앞에 세우고 교생의 집으로 들어왔다.

고운 여자, 그리고 낯선 여자가 이렇게 아무런 망설임도 부끄럼도

안 갖고 자기 방으로 들어오는 것을 보고 교생은 꿈속의 일이 아닌가 생각하며 놀라움을 금치 못했다.

황홀했지만 꿈속에서의 일은 아니었다. 그러나 여자의 정체가 궁금하였다.

"댁이 어디신지요?"

"선친께서는 봉화의 주판(州判)을 지내셨는데 양친이 다 돌아가시고 나니 집안이 일시에 몰락하고 말았어요. 사고무친이기 때문에 이 애하고 단 둘이 지낸답니다. 숙방이라고 하여요."

"아 그러십니까? 정말 안 되었습니다. 저도 요즈음 아내가 병으로 세상을 떠나 외로운 심사입니다."

"그러십니까? 얼마나 쓸쓸하세요."

"글쎄요. 살아 있었을 때는 아무렇지도 않게 생각했었는데 아내가 세상을 떠나고 보니 만사가 모두 아쉬운 것 뿐입니다.

"정말 그러시겠어요. 가엾어라."

고운 여인은 마음도 역시 고와서 무한한 동정을 함께 표하는 것이었다.

"이렇게 처음 만나 뵙는 건데도 십년지기를 만난 것 같군요. 천천히 애기나 하다 가시지요."

"그러지요. 저의 집으로 돌아간댔자 누구 한 사람 반겨 줄 이가 있나요. 천천히 쉬고 가도 괜찮으니까요."

그 날 밤 그 고운 여자는 교생과 접하게 되었는데 그 쾌락은 뭐라고 형용할 수가 없었다. 여인은 다소 부끄러워하는 것 같았으나 교생이 한 번 손목을 잡자 소리 한 번 내지 않고 그의 품에 포근히 안겼던 것이다. 고운 여자의 부드러운 살결은 교생을 완전히 뇌살시켰다. 교생 앞에서 죽은 아내의 그림자는 영영 사라지고 말았다.

그 이튿날 밤에도 그 고운 여자는 교생의 집에 찾아왔다. 그 아스름한 눈매에서 풍겨 오는 처녀의 교태는 무엇으로도 표현할 수 없는 아름다움이었다. 그 날 뿐이 아니었다. 그 이튿날도 거르지 않고 찾아왔다.

교생의 집에는 친척 되는 노인이 함께 살고 있었다. 교생의 아내가 죽은 후에 여인의 목소리가 없었는데 그 즈음 별안간 여자의 소리가 간들어지게 들리기에 어쩐 일인가 하고 한밤중에 살그머니 교생의 방문을 열어보았다. 그랬더니, 희미한 불빛 아래에서 교생이 해골 한 개를 끌어안은 채 몸부림치고 있는 것이 아닌가.

노인은 몸을 부들부들 떨며 간신히 자기 방으로 돌아왔다.

그 이튿날 노인은 교생을 불러 엊저녁의 일을 이야기했다. 교생은 그 말을 곧이 듣지 않았다.

"촉루(해골)와 뒹굴었다니 어디 그것이 말이나 되는 이야기입니까?"

"여보게 야단났네. 귀신한테 홀려도 분수가 있지. 야단났네. 야단났어."

"그렇지 않대두요. 봉화 주판의 딸이라던데요. 호서(湖西) 땅에서 종 아이와 단 둘이서 살고 있답니다."

"귀신한테 홀려 그런 말을 하는 거야. 그것이 다 홀린 데서 나온 말이란 말일세. 이제부터 귀신 퇴치할 방법이나 생각하게나."

'그 고운 어굴, 흰 살결, 아름다운 목소리, 보드라운 촉감, 그것이 귀신이라니……'

교생은 설마 그럴 리가 없다고 생각하면서도 혹시나 하여 호서땅을 찾아갔다. 광활한 호숫가에 인가들이 널려 있는데 교생은 그 중 한 집을 찾아가 물었다.

“이 부근에 숙방이라는 여인이 있습니까?”

“그런 분은 없는데요.”

“그러면 종 한 사람과 사는 처녀는 있습니까?”

“그런 분도 없습니다.”

교생은 점점 의심을 깊게 하지 않을 수가 없었고, 날이 저물어 오매 그냥 돌아가려고 하다가 호심사 부근으로 발길을 돌렸다. 그는 하루 종일 헤매고 다니다가 피곤함을 느껴졌기에 절 부근에서 좀 쉬어 가고자 했다.

날은 저물고 폐사와 다름없는 고요한 절간은 더욱 쓸쓸한 것 같았다. 그는 절로 올라가 이곳저곳을 돌아보았다.

한구석에 열반당 같은 빈 방이 있었다.

교생은

‘이 곳에 무엇이 있는가……’

하고 생각하며 방 안을 들여다 보았다. 뜻밖에도 그 곳에는 관 하나가 놓여져 있었는데, 그 관 뚜껑에

“고 봉화주판려경지구.”

라고 쓰여져 있었다. 그 여자와 상관할 때 그 여자의 자가 여경임을 알았으므로 이제는 그 여인이 이 곳에 누워 있음을 확실히 알았다.

그는 소름이 끼쳤다. 관 위에는 모란꽃으로 장식한 등이 놓여져 있었다. 그리고 관 옆에는 짚으로 만든 허수아비 하나가 있었는데 거기에는 금련이라고 적은 쪽지가 붙어 있었다. 금련이란 곧 그 여자의 종이었다.

교생은 그 길로 정신없이 집으로 달려왔다. 그는 자기 방으로 들어가려 했으나 그 여자 귀신의 눈에 띌까 봐 겁이 나서 옆방에 있는 노인에게로 다가갔다.

“아저씨!”

“야단났습니다. 아저씨 말씀이 옳았습니다.”

“내가 말하지 않던가.”

“진종일 호서에서 그 여자의 종적을 찾았으나 묘연하더니, 끝내 호심사에서 그녀의 시체가 담겨진 놓인 관을 발견하고야 말았습니다.”

교생은 벌써 절반은 눈자위가 틀어진 사람 같았다.

“이 일을 장차 어찌 해야 좋겠습니까?”

“글쎄 말이야. 낸들 뾰족한 수는 없네마는 이 부근에 위법사라는 분이 현묘관이란 곳에 있으니, 그 분에게 사정을 하는 수밖에 도리가 없겠네. 위법사는 개부 왕진인의 제자로서 부적에는 제일인자이니까”

“그 분을 만날 수 있을까요?”

“암, 만날 수 있구 말구.”

그 날 밤 교생은 또 여자귀신이 찾아올까봐 겁이 잔뜩 나서 노인과 함께 옆방에서 잤다. 그 다음 날 현묘관이라는 곳으로 위법사를 찾아갔다. 한 번 교생의 얼굴을 쳐다보던 위법사는 질겁을 하고 놀라더니,

“저 얼굴을 봐. 이그 저 얼굴~ 귀신의 기운이 칭칭 감긴 저 무서운 얼굴~”

하면서 몸을 떨었다.

“법사님 요귀에게 홀린 사람이올시다. 부탁하오니 부디 저를 보살펴 주시옵소서.”

위법사는 한참 동안이나 교생의 얼굴에서 눈을 떼지 않더니 부적 두어 장을 써 주면서 말했다.

“이것을 갖다가 한 장은 문지방 위에 붙이고 한 장은 방 안에 붙여라. 그리고 호심사에는 가면 안 된다.”

하여간 부적을 붙인 후부터 그 여자의 모습은 나타나지 않았다.

교생은 두려운 생각이 덜해갔다.

그로부터 한 달쯤 지난 후 지난 후, 교생은 어느 친구를 만날 일이 있어 곤수교 부근으로 갔다. 오랜만에 친구를 만나 술을 많이 마신 교생은 호숫가를 돌아 음산한 밤공기를 마시면서 비틀거리며 걸어가고 있었다.

그는 위법사가 경계하던 소리가 귀에 들려왔기에 되도록이면 호심사 쪽에 접근하지 않으며 걷고 있었는데 뭔가 알 수 없는 그를 끄는 힘이 있었다.

무엇이 잡아 당기는 것만 같아 무서운 생각을 어찌할 수 없는데 바로 등 뒤에서,

"여보세요."

하는 여자의 가냘픈 소리가 들려왔다. 교생은 등골이 오싹해졌다. 그는 발뒤꿈치가 땅에 붙어 버린 것처럼 꼼짝할 수가 없었다. 간신히 뒤를 돌아다 보니 바로 금련이었다.

"여보세요, 서방님. 아씨가 기다리고 계세요. 어서 우리 집으로 가셔요."

말이 채 떨어지기도 전에 차가운 여자의 손이 교생의 어깨에 감겼다. 교생이 금련의 손을 뿌리치고 내빼려고 했으나, 그러면 그럴수록 더욱 휘감기는 것이었다.

금련의 손은 실로 억센 힘을 가지고 있는 것이 분명하였다. 교생은 금련이 이끄는 곳으로 안 가려 했으나 가지 않을 수가 없었다.

모란꽃으로 수놓은 등이 놓여진 관이 교생의 눈에 보였다. 그 때 그 곳에서 여인의 고운 목소리가 들려왔다

"못되고 옹렬한 도사의 꼬임을 받아 나를 의심하다니요. 야속하고

억울합니다. 그런 법이 어디 있어요."

교생은 진저리가 처지는 것을 느끼며 빠져나오려 했으나 몸은 무거워지기만 했다.

"정말로 야속해요. 저를 아주 버리려고 하셨지요? 이제는 못놓겠어요. 저는 외롭단 말이에요."

하면서 그 여자는 부시시 일어나더니 교생의 손을 이끌었다. 교생은 다시 한 번 저항하려고 했지만 소용이 없었다. 숙방이 교생의 전신을 덥석 안으며 속삭이는 것이었다.

"우리 저 관으로 들어가 함께 살아요. 네?"

그 때 관 뚜껑이 저절로 열렸고, 교생은 그 여자와 함께 들어가지 않을 수 없었다.

교생이 관 속에 들어가자 관 뚜껑은 다시 저절로 닫혀졌다.

하룻밤이 지났는데도 교생이 돌아오지 않기에 옆방의 노인은 사방으로 교생을 찾다가 마침내 호심사로 가서 그 관이 놓여진 방의 문을 열었다.

관 뚜껑에 교생의 옷자락이 걸려 있었다. 노인은 관뚜껑을 열어 보았다. 교생은 마치 살아 있는 사람처럼 여자의 시체를 꼬옥 끌어안은 채 죽어 있었다.

"이 여자는 봉화 주관의 외딸이었지요. 주관이 관을 맡으라고 해서 그냥 맡아 두었습니다. 그 뒤 그 집안이 북방으로 이사를 갔기 때문에 아직까지 맡고 있었던 것입니다. 이 여자는 십칠 세에 그만 처녀의 몸으로 죽은 것이지요."

호심사 주지는 노인을 보면서 설명했다. 주지는 두 시체를 서문 밖에 매장했다.

그 후 날씨가 흐리거나 하면 두 귀신은 모란등을 들고 나와서 울

며불며하였으며 그 소리를 들은 사람들은 반드시 중병이 들었다. 근방 사람들은 그것을 귀액(歸厄)이라 하며 현문사의 위법사에게 처치해 줄 것을 요청하였다.

위법사가,

"이제 나는 더 소용이 없소. 이 길로 사명산(四明山)에 가면 철관도인이 있을 것이니 그에게 방법을 물으시오."

하고 말하기에 그 부근 사람들은 모두 험한 숲과 풀들 사이로 난 길을 헤치고 사명산으로 더듬어 올라갔다.

그 곳엔 과연 철관도인이 있는 암자가 있었다. 조그만 암자에서는 동자가 학을 어루만지고 있었고 한 거룩한 모습의 늙은이가 고요히 앉아 있었다. 사람들은 도인에게 그들이 찾아 온 연유를 말하고 빌었다.

"그대들의 소청은 나와는 관계 없는 것이오. 나는 이 깊은 산속에 숨어 사는 은자에 불과하오."

사람들은 다시 엎드려 빌었다.

"그런 게 아니올시다. 위법사로부터 도인의 말씀은 다 듣고 왔습니다."

그러자 철관도인은 짐짓 놀라는 시늉을 하였다.

"내가 육십년 동안이나 이 산에서 내려간 일이 없는데 그 입이 싼 위법사 때문에 내려가야 하다니."

하고 투덜거리며 도인은 동자를 부르더니 같이 산을 내려왔다. 사람들도 다시 도인을 따라 산을 내려오는데, 도저히 그 걸음을 따를 수가 없었다.

서문 밖에 당도하니 거기에는 높게 만들어진 방장(方丈)의 단이 있었다. 도인은 그리로 올라가더니 부적을 써서 불에 태웠다.

그 때 어디선가 별안간 오륙 명의 무사들이 머리에 수건을 동여맨 모습으로 긴 창을 들고 나타났다. 그러더니 그들은 소리없이 단 아래에 둘러섰다.

"요즈음 요귀들이 이 근방에 나타나서 백성들을 못살게 군다 하니 그 요귀들을 잡아들이도록 하여라."

도인의 호령이 떨어지자 무사들은 일시에 흩어져 어디로인지 갔다가 돌아오는데 교생, 숙방, 금련 등의 귀신들을 묶어 가지고 왔다.

무사들이 귀신들에게 호령하는데 그 위풍이 무서웠다.

"너희들은 어인 연고로 요귀로 화하여 이 근방의 백성을 괴롭혔느냐?"

교생이 먼저 대답했다.

"홀아비의 쓸쓸함을 이길 수 없사와 관등놀이에 나갔었던 것이 죄였습니다. 후회한들 무슨 소용이 있겠습니까."

그 다음엔 숙방 차례였다.

"이팔청춘 젊은 나이로 인생의 쾌락 한 번 맛보지 못한 채 죽어 간 것이 유한이었습니다. 그것이 죄라면 달게 받겠습니다.

금련 또한,

"주인 아가씨를 모신 죄 밖에 없사옵니다."
하고 고했다.

"일호의 사정없이 처벌하렸다."
철관도인이 벼락같이 소리쳤다.

무사들이 일제히 귀신들을 끌고 어디론지 사라졌다. 철관도인도 또한 동자를 데리고 어딘가로 모습을 감추었다.

그 다음 날 사람들이 도인에게 예를 드리기 위하여 사명산으로 가 보았더니 암자는 텅 비었고 바람 소리만 소란하였다.

그래서 다시 현묘관으로 위법사를 찾았더니 그는 이미 벙어리가
되어 있었다.

▪ 가정교사는 죽은 선생님

"네, 알았어요. 아, 그렇게 푸는군요. 제가 착각했어요."

(침묵)

"여깁니까? 아아, 루트 계산…… 난 정말 바보같이, 그것도 모르고……."

(침묵)

"네……. 맞았어요? 잘 되었네……. 이쪽은 전혀 모르겠어요."

문틈으로 아들 짐(15세)의 방을 엿보고 있던 어머니 메어리 오설리번은 무슨 영문인지 도무지 알 수가 없었다.

다니고 있는 중학교에서 지진아로 소문난 짐이 어느 날부터 갑자기 열심히 공부를 하기 시작했던 것이다.

그 뿐이라면 그녀로서는 당연히 기뻐해야 할 일이었는데, 아무래도 아들의 거동이 이상했다. 그렇게 느낀 것은 짐의 방으로 간식과 홍차를 갖다 주려고 했을 때였다. 아들의 방 안에서 뭔가 이야기를 하는 소리가 들려 왔던 것이다.

'이상하네. 아무도 없을 텐데…….'

수상하게 생각한 메어리는 살그머니 방 안을 들여다보았다. 짐은 자기 책상에서 공부를 하고 있었는데, 왼쪽으로 얼굴을 돌린 채 뭔가를 듣는 듯한 표정을 짓고 있었다. 그는 '응응'하며 고개를 끄덕이다가 얼굴을 되돌려 노트에 뭔가를 써 나갔다.

써 나가는 도중에 손이 멈추기도 했다. 그럴 때면 얼굴을 다시 왼쪽으로 돌리고 열심히 듣는 것 같은 동작을 취하다가. ‘아, 그렇군요’ 하고 말하며 얼굴을 되돌렸다. 그 같은 묘한 행위를 자꾸만 되풀이했다.

‘별난 공부 방법도 다 있군.’

메어리는 그렇게 생각하기는 했지만, 짐에게는 묻지 않기로 했다. 지진아인 아들이 뜻밖에도 자발적으로 공부하기 시작했는데, 섣불리 말을 걸어서 기분이라도 상하게 만든다면 모두 망쳐 버리게 될지도 모른다.

“엄마, 나 이번 중간시험 전교에서 2등을 했어요.”

어느 날 학교가 끝나자마자 숨가쁘게 집으로 달려온 짐이 희색이 만면해서 자랑하는 말을 듣자 메어리는 졸도할 만큼 놀라지 않을 수 없었다.

“다음번에는 1등을 해야지! 엘리스 선생님이 가정교사가 되어 가르쳐 주시니까 반드시 1등을 하고 말 거예요.”

“앨리스 선생님?”

메어리는 귀를 의심했다.

“응, 요즘 가정교사로 와 주시고 있어요. 돌아가신 엘리스 선생님 말이에요.”

눈을 반짝이면서 짐이 말하자 메어리는 등줄기가 오싹해졌다. 엘리스 마크머피는 짐의 학급 담임 교사였는데 얼마 전에 병으로 죽었던 것이다. 지진아인 짐에게 여러 가지로 신경을 써 주어 메어리도 아주 좋아하던 선생님이었다.

“엘리스 선생님이? 그게 도대체 무슨 말이냐?”

어처구니가 없어 재차 묻는 그녀에게 짐은 아무런 거리낌도 없이 대답했다.

"내가 지진아인 채로 성장하면 죽어서도 잠들지 못하시겠다면서 천국에서 가정교사로 와 주셔요. 곧 엄마에게도 소개할게요."

그 날 밤 메어리는 또 짐의 방문을 살그머니 열어보았다.

"네, 선생님 알았어요……. 아, 그거요? 지난 주 선생님이 주셨던 문제에 나와 있던 것 같은데요."

명랑한 아들의 목소리를 뒤로 한 채 살며시 문을 닫은 메어리는 깊은 한숨을 내쉬었다.

▌내장 이식(內臟移植)

그 날 밤으로부터 벌써 일주일 정도나 지나간 모양인데, 과거에 대한 기억은 여전히 되살아나지 않았다.

의사의 말에 의하면 심야에 병원 앞에서 자동차 사고가 있었고, 나는 그것으로 인해 머리에 상당한 충격을 받았으며 그것이 원인이 되어 기억상실증에 걸렸다는 것이었다.

병원의 간호는 빈틈이 없었고 지내는 데에는 아무런 불편도 없었다.

너무나 정중한 간호를 받는데 부담이 되어서 나는 언젠가.

"저, 치료비는 어떻게 되는 것입니까?"

하고 원장에게 물어본 적이 있었다.

그러자 원장은 활짝 웃으면서 대꾸했다.

"신경 쓰지 마세요. 그것보다도 건강회복이 급선무입니다."

때문에,

"세상에는 아직도 훌륭한 의사가 있군!"

하고 감격하면서 눈물까지 흘렸다.

기억은 여전히 돌아오지 않고 있지만 몸의 컨디션은 매우 좋았다.

여러 내장의 기능검사도 면밀하게 해 주는 것 같았는데, 근일 중에 그 결과가 나온다는 이야기를 들었다.

사고를 당했을 때 목격자는 아무도 없었던 것 같다.

나는 거의 무의식 상태에서 병원에 당도하여 내 손으로 벨을 눌렀다고 한다.

그 때 몸에 걸치고 있었다고 하는 양복과 바지를 확인하라고 해서 보긴 했는데, 그것이 정말로 내 것이었는지는 정확하게 기억이 나지 않는다.

"이 밖에 저의 이름이라든가, 신분 같은 것을 나타내는 것은 없었습니까?"

"없었습니다."

원장은 그렇게 말했지만, 그런 일이 과연 있을 수 있는 것일까?

나의 양복 상의에는 안쪽에 박아 넣은 이름을 뜯어낸 것 같은 흔적이 있었는데 그것이 마음에 걸린다.

원장이 나의 과거를 숨기고 있는 것은 아닐까?

나는 개인 병실에 넣어진 채, 외부와의 연락통로는 원장과 간호사뿐, 나는 말하자면 세상과 완전히 차단된 채 살게 된 것이 아닌가?

아닌 게 아니라 그런 불안이 있었다.

"내장의 기능검사 결과가 나왔습니다."

원장은 평소와 같이 싱글벙글하는 유쾌한 표정을 지으면서 들어왔다.

"심장의 기능은 예상했던 것처

럼 뛰어나게 우수했습니다. 다만 위장의 기능만이 매우 약화되어 있습니다.”

“선생님, 내장이식이라는 게 있잖아요? 저도 누군가의 위장을 얻어서 이식하면 건강체가 되는 것이겠군요!”

“그렇지요. 하지만 내장이식에는 제공자가 있어야 한다는 문제점이 있어서 말이지요.”

확실히 내장이식에는 무엇하고도 바꿀 수 없는 귀중한 내장을 제공해 주는 엄청나게 친절한 인간이 필요한 것이다. 그것만큼은 원숭이나 인공장기로 대용할 수는 없는 것이니까.

나는 얼핏 좋지 않은 생각이 떠올라서 혼잣말처럼 중얼거렸다.

“예를 들어 어딘가에 몰래 노예를 길러 두었다가. 그 놈의 내장을 사용한다든가. 하하하, 하지만 그건 매우 비인도적인 생각이군요.”

그 때 마침 항상 돌봐 주던 간호원이 주사기를 들고 들어왔다.

“선생님, 준비가 다 되었습니다.”

원장은 눈으로 지시하여 나의 양팔에 주사를 놓게 했다.

전신이 마비되는 것이 느껴졌으며 의식이 몽롱해져 왔다.

원장은 평상시와 똑같이 유쾌한 듯이 웃으면서 나에게 말을 걸었다.

“내장이식을 위한 노예 말입니까? 최후이니까 말씀드리지만, 실은 당신이 그런 존재입니다. 저쪽에서 심장이 필요한 환자가 한 분 기다리고 있습니다.”

▌ 살인범을 찾아낸 손목

1891년 어느 날, 영국의 동부 지역은 심한 폭풍에 휩싸여 있었다. 폭풍은 엄청난 피해를 몰고 왔는데, 간판이 떨어지고 지붕이 날아가 버리며 나무가 뿌리째 뽑혀 쓰러지는 일들이 속출했다.

위리샴 마을에서는 이 마을의 명물인 거대한 떡갈나무가 강풍에 못 이겨 뿌리째 뽑혀지며 쓰러지고 말았다. 그런데 폭풍이 지나가고 난 후 쓰러진 떡갈나무를 보기 위해 모여든 사람들은 그 뿌리가 뽑혀나간 부분을 보고는 자신도 모르게 비명을 질렀다. 놀랍게도 움푹 패인 그 부분에서 시체의 일부분이 드러났기 때문이었다.

즉시 경찰이 출동했으며 젊은 여성으로 추정되는 그 시체를 발굴했다. 신원을 확인할 수 있는 물건이라고는 적색의 구리반지 밖에 없었다. 반지를 낀 손은 뼈밖에 없었지만 절단되어 있는 것을 알 수 있었다.

그 때 모여 있던 마을 사람들 사이에서 한 여성이 비명을 질렀다.

"어머, 우리 언니예요. 그 손은 우리 언니의 손이 분명해요. 그 반지는 내가 선물했던 거예요!"

그녀의 언니 이름은 메리라고 했다. 메리는 소꿉친구인 존 보드니와 서로 사랑하는 사이였다. 하지만 주위의 끈질긴 권유와 본인의 변심으로 버질 오스본이란 부잣집 청년과 결혼하기로 했다. 메리와 존의 관계는 그날로부터 끝나고 말았다.

그런데 버질과 결혼식을 올리기로 한 날 아침, 웬일인지 메리는 2층의 자기 방에서 문을 잠근 채 밖으로 나오지 않았다. 가족들은 존에 대한 생각 때문에 괴로워하고 있을 것이라며 잠시 내버려두기로 했다.

버질이 식장으로 그녀를 데려가기 위해 도착했다. 그러나 메리는 여전히 2층에서 내려오지 않았다. 문을 두들겨도 아무런 대답이 없었다. 걱정이 된 가족들은 굳게 잠긴 문을 부수고 들어갔다. 방은 텅 비어 있었다.

발코니로 이어진 창문이 열려 있었다. 사람들은 메리가 그 곳으로 나가 넝쿨을 타고 뜰로 내려갔을 것이라고 생각했다. 하지만 어디에서도 메리의 흔적을 찾을 수는 없었다. 그 때부터 예전의 애인이었던 존의 행방도 묘연했다. 마을 사람들로선 당연히 두 사람이 사랑의 도피를 한 것이라고 생각할 수밖에 없었다.

이후 시간의 흐름과 함께 두 사람의 일은 마을 사람들 사이에서 까맣게 잊혀지고 말았다.

그리고 그로부터 18년 후, 뼈만 남은 시신이 발견된 것이다. 사람들은 버질과의 결혼을 시기한 존의 범행일 것이라고 추정했다.

메리가 발견된 후 여동생 엘렌은 그 마을에서 선술집을 열게 되었다. 그리고 한쪽 벽에 반지를 낀 언니의 손을 걸어두었다.

"아니, 저게 뭐지?"

"끔찍스럽게 저런 걸 왜 걸어두는 거야?"

처음으로 그 선술집에 온 사람은 벽에 걸린 손을 보며 한 순간 멈칫하게 되었다. 그러면 사정을 아는 사람들이 메리 살해 사건을 화제에 올리곤 했다.

1895년, 폭풍이 불던 어느 날 밤, 그날도 선술집에서 그 사건이 화제에 오르고 있었다.

"지금도 또렷하게 생각이 나는군! 메리가 사라지기 전 날 밤에도 이렇게 폭풍이 불었지……"

어떤 노인이 중얼거렸다.

그러자 조금 떨어진 곳에 앉아 조용히 술잔을 기울이던 낯선 사람이 호기심어린 눈길로 그 노인을 쳐다보며 물었다.

"사건이라니, 무슨 사건인데요?"

"이 마을에선 아주 유명한 사건인데, 당신은 외지에서 온 모양이구려. 저기 저 벽에 걸린 걸 자세히 보시오."

낯선 사람은 그 노인이 가리키는 쪽을 쳐다봤다.

"아…… 앗!"

그 순간 강한 충격을 받았는지 낯선 사람은 선술집의 바닥에 풀썩 주저앉고 말았다. 그러자 선술집 안에 있던 사람들이 심상치 않은 눈으로 그를 바라보았다.

그 때 한 사람이 소리쳤다.

"앗, 저놈이다. 저놈이 바로 존 드라니다!"

그는 바로 메리의 옛애인이며 행방불명되었던 존 보드니였던 것이다.

선술집에 있던 사람들엑 붙잡힌 존 보드니는 그 즉시 경찰에 넘겨졌다. 심문 결과, 그는 눈물을 흘리며 메리를 살해했다는 사실을 자백했다.

메리에게 버림받고 반 미치광이가 된 존은 그 날 메리의 집으로 가서 발코니를 통해 방으로 들어갔다. 그리고 그녀를 강제로 끌어내 떡갈나무가 있는 곳까지 데리고 간 존은 거기서 그녀의 마음을 돌리고자 했다.

하지만 메리의 마음은 이미 자신에게 떠나 있었다. 존은 흥분한 끝에 메리를 밀쳤는데, 그만 나자빠지면서 목뼈가 부러지며 죽고 말았다는 것이다.

겁이 난 그는 그녀의 시체를 떡갈나무 밑에 파묻고는 그대로 마을에서 도망쳤다. 그러나 그로부터 20년 동안 밤이나 낮이나 메리의 망령에 시달린 그는, 무엇인가에 홀린 것처럼 마을로 들어오게 되었다는 것이다.

그 후 교도소에 수감된 존은 원인불명의 병에 걸려 곧바로 이 세상을 떠나고 말았다. 마을 사람들은 메리의 손이 존을 불러와 복수한 것이라고 생각했다.

■ 흡혈귀의 이를 치료해 준 의사

"똑─ 똑─ 똑─."

세상의 모든 것들이 고요히 잠든 새벽 3시 무렵이었다. 누군가가 캐나다의 몬트리올 시내에 있는 치과 병원의 문을 두들겼다.

"누구지. 이 밤중에……."

투덜대면서 문을 연 치과 의사 필립 도나우는 소스라치게 놀라면서 졸음이 순식간에 달아나 버리는 것을 느꼈다. 눈 앞의 어둠 속에 말라 죽은 나무처럼 삐쩍 마르고 얼굴에는 핏기가 없는 괴상한 남자가 서 있었기 때문이었다. 눈 밑에 검은 기미가 낀 그 남자는 도나우를 바라보면서 이렇게 간청했다.

"선생님, 부탁드립니다. 나에게 의치를 만들어 주십시오."

"이봐요. 이런 시간에 오면 어떡해요. 당신은 상식도 없소?"

자기도 모르게 호통을 친 도나우에게 사나이는 꾸벅 머리를 숙인 뒤에 믿기 어려운 말을 했다.

"선생님, 제가 말입니다. 실은 흡혈귀입니다. 제 말을 믿어 주시지 않으리라는 것은 잘 알고 있습니다. 하지만 꼭 좀 들어 주십시오."

자신의 이름을 카알 메클러라고 밝힌 그 사나이가 구구 절절이 호소한 사연은 다음과 같았다.

흡혈귀로서 살아 가고 있던 그는 어느 날 차를 타고 가다가 교통

사고를 당하여 얼굴에 심한 부상을 입게 되었다는 것이다.

"난처하게도 그 사고로 인해서 저는 영업 도구인 뾰족한 치아가 모두 망가지고 말았습니다. 그 때부터 사람의 피를 빨아 먹을 수가 없어서, 보시는 것처럼 앙상하게 말라 버렸어요. 선생님, 부탁합니다. 오늘 밤 안에 저에게 의치를 만들어 주십시오."

메클러는 도나우에게 매달리며 간청했다.

"뭐야, 흡혈귀? 무슨 잠꼬대 같은 소리야. 우주선이 날아다니는 요즘 세상에 그런 헛소리를 뇌까리고 있다니! 시끄러우니 빨리 꺼져 버려요!"

도나우는 이상한 말을 지껄이는 그 사나이를 내쫓으려고 문을 닫으려다가, 사나이가 내미는 것을 보고 손이 멈췄다. 그것은 두툼한 지폐 뭉치였다.

"선생님, 무리한 부탁이라는 것은 잘 알고 있습니다만, 이 돈을 받고 해 주시면 안 되겠습니까? 부족하다면 이 돈의 갑절을 내놓겠습니다."

"이 돈의 갑절? 아 알았어요. 지금 당장 해 봅시다."

도나우는 메클러를 '흡혈귀'라고 믿은 것은 아니었다. 그는 그것이 의치를 빨리 해 넣고 싶은 욕심 때문에 꾸며 낸 말이라고 생각하면서, 근처에 살고 있는 치과 기공사를 불러 한밤중에 그의 의치를 만들어 주었다.

모든 작업이 끝난 시각은 새벽이 가까워졌을 무렵이었다. 메클러의 주문대로 끝이 날카로운 특별한 의치를 만드느라고 많은 시간이 걸렸던 것이다.

"선생님, 이 은혜는 잊지 않겠습니다."

그는 싱긋 웃으면서 송곳처럼 날카로운 이빨을 보이더니 어디론가로 사라졌다.

그로부터 얼마 후 괴이한 사건이 매스컴을 떠들썩하게 했다. 차례차례로 사람을 습격하여 목줄기를 물어 뜯고 피를 빨아 먹는 사나이가 출몰하기 시작했다는 것이다. 매스컴이 보도한 내용에 의하면 그 괴인의 생김새는 흡혈귀라고 자칭한 메클러와 너무나 흡사했다.

"그렇다면 그게 진짜 흡혈귀였단 말인가."

도나우는 몸을 부르르 떨며 머리를 감싸 안았다. 하지만 그것은 이미 엎질러진 물과 같은 일이었다.

▌ 저주가 따르는 다이아몬드

다니엘 셀반은 프랑스인으로서 작은 상선의 선장이었다.

향해 중이던 그의 배가 남아프리카에 위치한 어느 작은 섬에 잠시 정박하게 되었을 때 이상한 사건은 잉태되었다.

한 흑인 추장이 그에게 찾아와 부탁했다.

"의약품을 좀 나누어 주실 수 있겠습니까?"

셀반이 기꺼이 의약품을 나누어 주자 추장은 몇 번이나 절을 하며 무엇인가를 내밀었다.

"받아 주십시오. 저로서는 감사의 뜻으로 드릴 것이 이것밖에 없습니다."

그것을 받은 셀반은 깜짝 놀라지 않을 수 없었다. 그것은 푸른 빛을 발산하는 커다란 다이아몬드였기 때문이었다. 하지만 흑인 추장은 그 다이아몬드의 진가를 모르는 것 같았다.

'굉장한 다이아몬드다!'

셀반은 추장에게 인사하는 것도 잊은 채 다이아몬드에서 눈길을 떼지 못 했다.

'이것만 있으면 나는 평생 동안 편하게 살 수 있다.'

셀반은 엄청난 행운을 가져다 준 신에게 감사했다.

배를 타는 것은 힘들고 위험한 직업이었다. 때문에 그는 고국으로 돌아가자마자 미련없이 선장직을 버렸다.

그는 다이아몬드를 팔기 위해 보석상을 찾아갔다.

한데, 다이아몬드가 너무나 크고 값비싼 것이어서 사겠다고 산뜻
나서는 사람이 없었다. 하지만 많은 사람들이 그 다이아몬드를 가졌
으면 하는 욕심을 품게 되었다.

셀반은 자신의 황금빛 미래를 여러 가지로 상상했다.

'다이아몬드가 팔리기만 하면 시골로 가서 커다란 집을 사고 땅도
사겠어. 전원생활을 즐기는 거지. 아니야 시골에서 살면 답답할 것야.
그래, 항구도시에서 근사한 술집을 운영해 보는 것이 어떨까? 제대로
되기만 하면 재미있게 돈을 벌 거야.'

셀반은 행복감에 한껏 도취되었다.

하지만 그 같은 상태는 오랫동안 계속되지 않았다. 당시 프랑스의
국왕이던 루이 16세가 그의 다이아몬드 이야기를 듣고 탐을 내게 되
었기 때문이다. 루이 16세는 결국,

"평민은 왕실의 허락없이는 값비싼 보석을 소유할 수 없다!"라는
터무니없는 이유를 붙여 다이아몬드를 강탈해 갔다.

셀반은 너무나 어이가 없고 억울하여 몇 번이나 탄원서를 올렸지
만 루이 16세는 그의 탄원을 묵살했다. 그리고 다이아몬드로 목걸리
를 만들어 왕비인 마리 앙트와 네트에게 선물로 주었다.

셀반은 실망에 빠져 항상 술에 취한 모습으로 거리를 휘젓고 다니
게 되었다.

'아아, 내 몸은 산산조각이 났다. 모든 것은 끝났다. 그 다이아몬드
만 빼앗기지 않았다면 나는 지금 큰 소리치며 살아가고 있을텐
데…….'

강탈당한 다이아몬드 생각을 하지 않겠다고 이를 악물었지만 다이

아몬드에 대한 기억은 그의 기억 속에서 지워지지 않았고 너무나 분하고 원통한 마음을 쉽게 잠재울 수가 없었다.

셀반은 결국 유서를 남긴 채 자살하고 말았다.

유서의 내용은 저주의 말들로 가득 차 있었다.

나의 다이아몬드를 빼앗아 간 왕을 저주한다. 그 다이아몬드를 목에 걸고 있는 왕비도 저주한다. 앞으로 그 다이아몬드를 가지게 될 모든 사람들을 저주한다. 나는 죽어서 유령이 되어서도 나의 다이아몬드 목걸이를 목에 거는 모든 사람들을 저주하고, 그들에게 재앙을 내릴 것이다.

셀반이 죽고 나서 몇 년이 지나지 않아 프랑스에서는 혁명이 일어났다. 왕과 왕비는 혁명군에게 붙잡혀 단두대로 끌려가 목이 잘리는 끔찍스러운 최후를 맞았다.

그 후, 푸른 색깔의 커다란 다이아몬드 목걸이는 행방을 감추었다.

문제의 다이아몬드가 다시 세상에 모습을 나타낸 것은 그로부터 70년이 지난 1861년 가을이었다.

마그레가라는 사람이 있는데, 그는 네덜란드의 보석상이었다. 한때, 사막지대를 여행하던 그는 목이 말라 거의 죽어가던 한 상인을 구해 주었는데 그 상인이 답례로 마그레가에게 준 것이 바로 그 다이아몬드였다.

고국으로 돌아온 마그레가는 그 다이아몬드 목걸이를 자기의 상점에 진열해 놓게 되었다.

그런데 그 다이아몬드는 엄청난 값을 매겨 놓았기 때문에 1년이 지났을 때까지도 팔리지 않았다.

그러던 중, 1868년 3월의 어느 날, 7인조 강도단이 마그레가의 보석상에 침입했으며 강도들은 마그레가와 그의 가족들을 무참하게 살해했다.

푸른 색깔의 다이아몬드 목걸이는 다른 보석들과 함께 강도들의 손으로 넘어갔다.

강도들은 스페인으로 도망쳤다.

그들은 모두 푸른 색깔의 다이아몬드 목걸이를 탐내고 있었다. 때문에 서로 갖겠다고 싸우게 되었으며, 그로 인해 여섯 사람이 죽고 한 사람이 다이아몬드를 차지하게 되었다. 하지만 그도 심한 부상으로 인해 피투성이로 변해 있었다.

그는 병원에 입원했으며 때늦은 양심의 가책으로 인해 괴로워하게 되었다.

'나는 더 이상 살 수 없다. 보석상과 가족들을 죽이고 동료들까지 모두 해쳤으니 내 영혼은 지옥에 떨어질 것이다. 하지만 그 전에 나의 범행을 자백하고 싶다'

강도는 이윽고 경찰을 불러 모든 내용을 자백하고 다이아몬드를 내놓았다. 그리고 숨이 끊어졌다.

다이아몬드는 네덜란드로 돌아갔지만 소유자였던 마그레가와 그의 가족이 모두 죽었기 때문에 스페인으로 되돌아왔으며 경매에 붙여지게 되었다.

부루 홀턴이라는 사나이는 몽고인이며 추장이었는데 한 여자가수를 사랑하고 있었다.

'저 목걸이를 결혼 선물로 주면 무척 기뻐할 거야!'

그는 많은 돈을 들여 그 목걸이를 손에 넣었으며 그 날 밤, 여가수의 목에 그것을 걸어 주었다.

두 사람은 그 자리에서 결혼을 약속했다.

그런데 질투심으로 인해 이글거리는 눈으로 그 모습을 지켜보는 사람이 있었다. 오래 전부터 그 여가수를 짝사랑해 오던 청년이었다.

‘안 돼! 저 여자를 빼앗기면 내 인생은 존재하는 의미가 없어!’

청년은 지니고 있던 권총으로 홀턴과 여가수를 쏘았는데 홀턴은 총탄에 맞아 쓰러지면서 청년에게 단검을 던졌다. 단검은 정확히 청년의 가슴에 박혔으며 세 사람은 모두 피투성이가 된 모습으로 죽어갔다.

푸른 색깔의 다이아몬드 목걸이는 그 때부터 다시 한동안 행방을 감추었다.

1923년 6월 어느 날, 미국 플로리다 주에서 살인사건이 발생했다.

죽은 사람은 존슨이라는 목사였는데 그의 주머니에서 문제의 푸른 색깔의 다이아몬드가 발견되었다. 존슨 목사는 정체불명의 사나이들의 습격을 받아 자신이 죽어야 하는 이유도 알지 못한 채 죽어 간 것이다.

그 때부터 1949년까지 27명이 그 다이아몬드의 주인이 되었는데 모두 죽었다. 그리고 그 다이아몬드는 어느 성당에 맡겨지게 되었다.

그 성당은 매우 비좁고 낡은 모습을 가지고 있다. 때문에 건물을 헐고 다시 짓기로 했는데 건축 비용은 푸른 색깔의 다이아몬드를 팔아 충당하기로 했다. 따라서 그 목걸이는 경매에 붙여지게 되었으며 캘리포니아의 농장 주인에게 소유권이 넘어가게 되었다.

농장 주인은 그 목걸이를 20년 동안이나 충실하게 자기의 농장을 보살펴 준 관리인 모빌에게 주었는데, 모빌은 술집의 여가수인 수잔과 얼마 후 결혼할 예정이었다.

'그래! 이 목걸이를 그녀에게 결혼선물로 주어야겠다.'

모빌은 결혼식을 치를 날이 오기만을 기다렸다.

그런데, 결혼식을 일주일 후로 앞둔 어느 날, 괴한들이 농장을 습격했으며, 모빌은 그들과 싸우다가 살해되고 말았다.

경찰이 수사에 나서자 범인들은 체포되었고, 목걸이는 모빌의 약혼녀인 수잔이 갖게 되었다.

한데, 수잔은 어쩐지 그 목걸이가 불길하게 느껴졌다.

"이 목걸이의 다이아몬드는 너무나 크고 부드럽다. 값이 굉장할 거야. 이 목걸이는 성당에 맡겨지기 전에 어떤 목사의 것이었다지. 그런데 그는 살해 되었어. 모빌도 이 목걸이의 주인이 되자마자 살해 되었어. 아…… 어떤지 무서워. 이 목걸이를 가지고 있다간 나도 무슨 변을 당할 것이라는 생각이 들어."

불안에 떨던 그녀는 마침내 목걸이를 처분하기로 했다.

수잔은 잘 아는 전당포를 찾아갔다.

"이 목걸이를 사세요."

전당포 주인은 목걸이를 보자 눈이 커졌다.

"이건 보통 목걸이가 아니야. 나난 이걸 살 만한 돈이 없어."

"10달러만 주시면 되는데요."

"뭐…… 갑자기 미치기라도 했나? 수잔…… 이건 값이 백만 달러도 더 나가는 물건이야."

"그렇겠지요. 하지만 이 목걸이는 저주가 따르는 것 같아요. 이 목걸이의 주인이 되자마자 약혼자가 죽었어요. 10달러만 주신다면 팔겠어요."

"으음, 농담이 아닌 것 같군! 좋아, 그렇다면……."

전당포 주인은 수잔에게서 목걸이를 샀다. 하지만 그의 마음은 편하지 않았다.

'이렇게 비싼 물건을 가지고 있으면 위험해. 더구나 저주가 따르는 보석같다고 그랬어. 그러니 서둘러서 팔아 버려야 해.'

전당포 주인은 커다란 보석상을 경영하는 호손이라는 사람을 찾아갔는데 목걸이를 본 호손은 머리를 갸우뚱하며 물었다.

"이건 굉장한 물건이오. 설마 훔친 것은 아니겠지요?"

전당포 주인은 목걸이를 산 경위를 자세히 설명했다.

"흐음, 저주가 따르는 목걸이라…… 꽤 재미있는 물건이군요."

그는 그 목걸이를 샀다.

그리고 그것의 값을 올리기 위해 저주가 따르는 목걸이라는 사실을 오히려 더 널리 알렸다.

사람들은 호기심을 이기지 못해 그 목걸이를 보려고 그의 보석상으로 몰려들었다.

그로부터 1년이 지났다.

하지만 수잔이 염려했던 나쁜 일 같은 것은 일어나지 않았다.

그러던 중 뉴욕에 있는 한 신문사의 기자가 우연히 저주가 따르는 목걸이의 소문은 듣고 호손을 찾아왔다.

호손은 그에게 목걸이를 사게 된 경위를 설명하며 목걸이를 보여 주었다.

기자는 그 목걸이에 대한 기사를 신문에 실었다.

제목은 《저주가 따르는 다이아몬드》였다.

그런데 그 다음 날 아침, 호손은 자기의 서재에서 자살한 시체로 발견되었다.

호손에게는 물론, 자살해야 할 이유같은 것이 전혀 없었다.

기사를 실은 신문사에서는 호손의 자살 이유를 목걸이의 저주 때문이 아닐까 하고 생각했다. 때문에 역사학자들과 함께 목걸이의 내력을 추적하게 되었다.

그런 연유로 이 이상한 이야기는 세상에 알려지게 되었다.

그리고 호손의 가족들은 죽음을 부른 저주가 따르는 푸른 색깔의 다이아몬드를 뉴욕 박물관에 기증했다.

문제의 다이아몬드는 지금도 뉴욕의 박물관에서 그 신비스러운 푸른 색깔의 빛을 발산하고 있다.

2.
악녀들 이야기

▌측천무후

당(唐)나라 고종(高宗)의 황후(皇后) 측천무후(測天武后:624~705)는 중국 역사상 당 한 사람의 여황제(女皇帝)였다.

그녀는 고종이 죽자 그의 뒤를 이은 중종과 예종을 차례차례 폐하고 스스로 제위에 올라 당의 국호까지 주(周)로 갈아치웠다.

측천무후는 원래 고종의 아버지인 태종(太宗)의 후궁이었다.

태종이 죽은 후, 그녀는 다른 후궁들과 함께 절에 들어가서 머리를 깎고 여승이 됐는데, 고종이 태자로 있을 때 이미 그와 밀통한 사이여서 다시 궁으로 돌아와 이번엔 고종의 후궁이 됐던 것이다.

그러니까 아버지의 후궁이었다가 다시 아들의 후궁이 됐으니 윤리로 본다면 말이 아니었다.

고종의 첫 번째 황후는 왕(王) 씨였다. 그런데 그녀는 어린애를 낳지 못했다. 그래서 황후 다음 가는 지위에 있는 소숙비(簫淑妃)가 황자(皇子)와 황녀(皇女)를 낳고 고종의 총애를 독차지하고 있었다.

이런 상황에 측천무후가 후궁으로 들어와 황자도 낳고 황녀도 낳자 이 때부터 그녀의 잔인한 계획은 행동으로 나타나기 시작했다.

측천무후는 자기가 낳은 황녀가 생후 한 달이 될까말까 했을 때, 심복시녀를 시켜 황후에게 어린애를 보러 오도록 꾀었다.

왕황후는 그것이 자기의 일생을 망치게 되는 흉계인줄도 모르고 기쁘게 측천무후우의 서궁(西宮)을 다녀갔다.

바로 그 직후, 왕황후가 어린애를 보고 돌아가는 뒷모습이 아직 서궁을 벗어나기도 전에 측천무후는 어린애를 목졸라 죽였다.

그리고 그 죄를 왕황후에게 뒤집어 씌웠다. 황후의 자리를 빼앗기 위한 수단으로 자기 자식까지 죽인 것이다.

마침내 측천무후가 황후가 되고, 왕황후와 소숙비는 궁비(宮妃)로 격하되고 말았다.

측천무후는 왕황후의 성(姓)을 망씨로, 소숙비는 효씨로 각각 고쳐 부르게 하고 폐궁에 가두어 버렸다.

폐궁의 창문과 출입문을 벽으로 막아 놓고 겨우 음식을 집어넣을 구멍 하나만 뚫어 놓게 했다.

고종이 이 폐궁 근처를 산책하다가 비로소 이 사실을 알고 매우 후회하며 동정하게 됐는데, 그것은 오히려 그녀들의 최후를 더욱 비참하게 만드는 결과를 가져오게 했다.

고종의 이같은 동정을 알게 된 측천무후는 불같이 화가 나서 드디어 왕황후와 소숙비를 끌어내다 때려 죽였다.

왕황후는 벌써 곤장 스무 대에 살갗이 찢어지고 피를 흘리며 까무라쳤는데, 측천무후는 아직 살아 있는 왕황후의 팔과 다리를 썩둑썩둑 토막쳐서 술항아리에 집어넣었다.

그랬건만 그녀는 끝끝내 측천무후에게 욕설 한 마디 하지 않고 정말로 조용히 죽었다.

소숙비는 이와는 달랐다. 아픈 곤장 80여 대에 이르러도 비명 한 마디 없이 맞고 있다가 갑자기 두 눈을 부릅뜨고 무서운 한 마디를 했다.

"이승에 다시 태어나게 된다면 나는 고양이로, 너는 쥐로 태어나거

라. 그래서 내 너의 목젖을 물어 뜯어먹을 테다."

이 저주의 한 마디가 얼마나 측천무후를 격노시켰던지, 그녀는 곧장 아래 귀신이 된 소숙비의 시체를 토막토막 잘라서 초(醋) 항아리에 담가 뼈가 삭아 없어지게 했다.

그리고 궁중 안의 고양이들을 씨를 남기지 않고 잡아죽이게 했는데 고양이 한 마리에 상금 두 냥씩이 붙어 있었다.

측천무후의 악행을 보다 못한 고종이 그녀를 폐하려고 했다. 그러나 뜻을 이루지 못하고 오히려 임금의 명을 받고 황후폐립(皇后廢立)의 초서(草書)를 작성했던 신하들만 억울한 죽음을 당하고 말았다.

이 때부터 측천무후는 고종을 제쳐 놓고 모든 정사를 자기 손으로 처리해 나갔다.

고종이 죽고 중종과 예종이 차례대로 뒤를 이었으나 모두 다 허수아비에 불과했다. 측천무후는 모든 실권을 쥐고 공포정치를 해 나갔다.

비위에 거슬리는 사람은 용서 없이 죽이거나 귀양을 보냈다. 하다 못해 누가 자결했다고 하면 자기의 명령도 없이 죽었다고 펄쩍펄쩍 뛰었다. 죽는 데도 자유가 없었던 것이다.

측천무후는 자기가 낳은 두 아들인 태자 홍(弘)과 태자 현(賢)도 독살했다. 자기의 말을 잘 듣는 아들이어야 했다. 학문이 있고 현명한 아들은 재미없었다.

뿐만 아니라 그녀는 오빠들과 언니, 그리고 조카까지 독살했다. 귀찮은 존재들이었던 것이다.

측천무후는 낙양(洛陽)에다 무 씨(武氏)네 조묘(祖廟)를 세웠다. 이것은 무 씨네가 천하를 빼앗겠다는 공공연한 선언이었다.

그녀는 당왕조(唐王朝)의 성(姓)인 이 씨(李氏)의 핏줄을 수백 명이

나 소탕하고 드디어 황제가 됐다.

예종 단(睿宗 旦)을 이 씨네 성에서 무 씨로 고치고 황태자로 세웠다. 연호를 천수(天授)라 개원하고 나라 이름을 주(周)라고 했다.

이 때의 그녀의 나이는 62세. 중국 역사상 단 한 사람의 여자황제가 된 것이다.

측천무후는 〈고밀(告密)의 문(門)〉이라는 일종의 밀고 제도를 실시했다. 정치 비판이건 역적 음모이건 구별 없이 밀고를 해 오는 자에게는 오품(五品)의 관직을 주었다.

또 그것이 비록 허위 밀고였더라도 처벌되지 않았기 때문에 부모 자식간에도 함부로 말을 못했다.

〈고밀의 문〉에 걸린 사람은 참형을 당하기 마련이었는데 형리(刑吏)가 죄인을 더욱 처참하게 죽이면 측천무후는 그 형리의 벼슬을 올려 주었다.

이처럼 귀신도 벌벌 떨만큼 무서운 공포 정치를 해 나가면서도 현인을 등용할 줄 알았기 때문에 국가는 발전돼 갔다.

후세에까지 이름이 알려진 위원충(魏元忠), 누사덕(簍師德), 적인걸(狄仁傑), 요원숭(姚元崇) 등이 다 그 때의 명신들이었다.

측천무후에겐 여러 명의 남첩(男妾)이 있었다. 명숭엄(明崇嚴), 풍소보(馮小寶), 설오조(薛敖曹), 심남진(沈南珍), 그리고 장창종(張昌宗)과 장이지(張易之) 형제 등이 기록에 나와 있다.

측천무후는 이 세상에 살았던 어떤 여자들보다 가장 화려하고 가장 권력이 있었고 가장 즐거운 일생을 누렸다고 확신하면서 죽었다.

그리하여 고집이 세고 자부심이 강하고 악명이 높았던 여황제의 엄청난 시대는 막을 내렸다.

중종(中宗)이 22년만에 다시 황제가 되면서 당왕조(唐王朝)는 정식으로 재건됐다.

측천무후는 황제가 될 정도의 여걸로서 재색도 갖추었고, 지혜와 재단(裁斷)도 쾌활하여 남자 못지 않게 정치를 했다.

그러나 그녀는 여자의 표정인 눈물을 몰랐으며 더욱이 여자에게 없어서는 안 될 모성애가 없었다.

자식을 독살하고 황후도 되고 황제도 되는 길과 이름없는 평범한 여자로서 자식을 위해 사는 길―이 두 길 중에서 어느 길을 택하겠는가 묻는다면 전자(前者)를 택할 어머니는 세상에 없을 것이라고 믿는다.

▮ 서태후

　서태후(西太后:1835~1908)는 만주 기인(滿洲旗人) 출신으로서 청(淸)나라 제 9대 함풍제(咸豊帝)의 측실(側室)이었다.

　그녀는 함풍제가 죽자 어린 아들 동치제(同治帝)를 즉위시켜 섭정을 했으며 동치제가 죽자 겨우 세 살 된 광서제(光緒帝)를 즉위시키고 계속 실권을 잡았다.

　서태후가 살았던 시대는 청조(淸朝)의 운명도 거의 기울 때였고, 안팎으로 매우 혼란했다.

　안으로는 태평천국(太平天國)이 난의 일어나 어지러웠고, 밖으로는 아편전쟁(阿片戰爭)이다 앨로우호 전쟁(Arrow號戰爭)이다 하며 열강(列强)들이 중국 진출을 에워싸고 들끓었다.

　태평천국의 지도자 홍수전(洪秀全). 태평천국을 진압하고 양무운동(兩廡運動)을 일으킨 증국번(曾國藩)과 이홍장(李鴻章).

　영국의 아편 상자를 몰수하여 불에 태워 버린 정의파(正義派) 임칙서(林則徐).

　무술변법(戊戌變法)의 중심 인물인 개량파(改良派)의 양계초(梁啓超), 강유위(康有爲), 담사동(譚嗣同).

　중화민국을 건설한 손문(孫文). 중화민국 초대 대통령인 원세개(袁世凱) 등이 모두 이 시대의 큰 인물이었다.

　원래 서태후는 19세에 후궁으로 들어가 21세에 태자(太子:同治帝)를 낳았으나 함풍제가 원명원(圓明園)의 여러 애희(愛姬)들에게 매혹되는 바람에 20대 초반부터 독수공방이었다.

　원명원은 강희제(康熙帝)가 기둥 하나에도 천금을 아끼지 않았다고 하는…… 이 세상의 온갖 인공(人工)의 기술과 사치를 극한 황제의 행궁(行宮)이었다.

　이탈리아의 선교사 카스틸리오니(Giuseppe castiglion)가 설계한 바로크식의 건축으로서 저 유명한 베르사이유 궁전에 비해 손색이 없었다고 한다.

　이 원명원에는 함풍제의 총애를 받고 있는 이른바 사춘(四春)이라고 일컬어지는 모란춘, 해당춘, 행화춘, 다라춘의 네 미인 말고도 허다한 미인들이 함풍제의 사랑을 바라고 있었다.

　함풍제는 이 원명원의 미인들에게 깊이 파묻혀 서태후를 찾을 시간도 없었다.

　서태후는 환관 안득해(安得海)가 갖다 바친 그의 양자인 젊은 내시 왕미동(王美童)을 품에 품고 타오르는 정염을 달래며 세월을 보냈다.

　아편전쟁이 일어났다. 영국이 망국의 약을 중국에 팔아 먹으려다 일어난 전쟁이다.

　청나라의 광동총독(廣東總督) 임칙서(林則徐)가 격분하여 영국이 숨겨 놓은 아편 상자를 습격, 몰수했다.

　몰수한 아편이 자그만치 2만 상자, 24만 근이었다. 한 달 동안 계속해서 불에 태워도 다 태우지 못할 정도의 어머어마한 양(量)이었다.

　이렇게 되자 영국이 막대한 배상금을 청구하는 등, 아편전쟁은 영국의 승리로 끝나 《남경조약(南京條約)》을 맺었는데, 이 때 상해를 비롯한 다섯 항구를 개방하는 동시 홍콩까지 떼어 주고 말았다.

다시 앨로우호 전쟁이 일어났다. 이 때가 1860년, 청국(淸國)이 수립된 지 2백년. 아편전쟁으로부터 20년 후였다.

청나라 관헌이 광동께서 잡은 아편을 가득 실은 배가 영국 국적을 가진 앨로우호였다. 영국은 청나라에 체포된 수병을 석방하고 사과하라고 요구했다.

이 같은 요구가 거절되고, 광동에서 대대적인 외국인 배척운동이 벌어진데다가 때마침 프랑스 선교사가 살해되는 사건이 일어나자 드디어 영·불(英佛) 연합군이 광동을 점령, 북경(北京)으로 쳐들어 가서 원명원을 불태워 버렸다.

함풍제가 만리장성을 넘어 만주의 옛 땅인 열하(熱河)로 몽진(蒙塵)을 간 후, 그토록 화려하던 세계적인 원명원은 불에 타서 재가 되었으며,함풍제가 사랑하던 많은 미인들이 거기서 몽땅 죽었다.

일설에는 서태후의 사촌 동생 영록(榮祿)이 누이 덕택으로 산질대신(散秩大臣)으로 있었는데, 서태후가 함풍제와 함께 열하로 몽진을 갈 때 영록에게 밀령(密令)을 내려 원명원을 불태워 함풍제가 총애하던 미인들을 한 몫에 죽이게 했다고도 한다.

하여간 열하에서 이 비보를 들은 함풍제는 큰 충격을 받고 그 날로 병석을 누웠으며, 열하에 도착한 지 며칠이 안 되어 세상을 떠나고 말았다.

원래 함풍제에겐 정실인 효정황후(孝貞皇后)가 있었다. 그녀는 부덕(婦德)을 갖춘 훌륭한 여성으로서 함풍제도 그녀를 여자 중의 군자요, 성인이라고 칭송하면서 어려워했다.

그런데 효정황후는 어린애를 낳지 못했다. 그래서 서태후가 낳은 태자를 받아 길렀다.

함풍제가 죽고 태자가 즉위하니 그가 동치제(同治帝)인데, 그 때 그의 나이 여섯 살. 청조에서 금제(禁制)였던 부인의 섭정이 이 때 시작됐다.

효정황후가 동쪽 수이전(綏履殿)에 살았기에 그녀를 동태후(東太后)라고 불렀고, 서태후는 서쪽 평안궁(平安宮)에 살았기 때문에 서태후라고 부르게 됐다.

이 두 태후가 어린 동치제 뒤에서 발을 늘이고 함께 앉아 정사를 돌보게 됐는데, 이 날까지 서태후에게 있어서 무서운 것이 있었다면 그건 오로지 동태후였다.

동태후가 함풍제의 황후였다는 것뿐만이 아니었다. 왜 그런지 그녀에게는 머리가 수그러졌다. 서태후의 그 사나운 성미로서도 그것만은 어쩔 수가 없었다.

그러기 때문에 서태후는 함풍제가 살아 있을 때, 황제의 총애를 받는 미인들을 이를 갈며 질투했지만, 동태후를 모함하여 황후 자리를 빼앗겠다는 생각을 한 적은 없었다.

동태후는 문맹자(文盲者)였다. 그녀는 부덕을 위주로 한 교육을 받았으며, 여자에게 필요 없고 이롭지 못하다는 학문을 배우지 않았다.

조정의 정무란 모두가 격식을 차린 문장이어서 동태후는 일일이 서태후에게 읽혀 뜻을 물어야 했다.

자연히 서태후가 표면에 나서야 했고 따라서 세력도 차이가 벌어지자 온순하고 어진 동태후는 그것을 습관처럼 여기다가 나중에는 모든 것을 서태후에게 맡겼다.

동치제는 등극한 지 13년 만에 19세를 일기로 요사(夭死)했다. 서태후는 세 살된 광서제(光緖帝)를 즉위시켜 다시 수렴청정(垂簾聽政)

하며 정권을 잡았다.

어느 날 동태후가 서태후의 궁전을 방문하자 서태후는 정중히 그녀를 맞아들이고는 맛있는 떡을 권했다.

동태후는 그걸 먹고 그 날 밤 별로 고통도 없이 세상을 떠났다.

1908년 10월 22일, 서태후는 마침내 파란 많은 생애를 끝마쳤다. 향년 73세.

서태후가 죽기 하루 전 날, 광서제가 붕어하여 그녀는 죽어가면서도 다시 세 살짜리 유제(幼帝)를 즉위시켰다.

그가 바로 청조의 마지막 임금 선통제(宣統帝)였는데, 서태후는 죽는 바람에 이번만큼은 섭정의 재미를 놓치고 말았다.

아무튼 서태후는 중국의 삼대 여걸 중에서 여태후나 측천무후에 비해 덜 잔인했다고 볼 수가 있다.

또 그녀는 유능한 지배자로서 다 쓰러져 가는 청나라의 명맥을 좀더 연장해 나간 여걸이었다고 해도 좋으리라고 생각한다.

▌ 여태후

한고조(漢高祖) 유방(劉邦 : B.C247~195)이 죽은 후, 그의 부인 여태후(女太后)는 고조의 애첩 척부인(戚夫人)을 가혹하게 처형한 다음, 측간(厠間) 밑의 돼지들과 함께 살도록 처넣고 〈사람돼지〉라고 부르게 했다.

그 당시 돼지는 인분(人糞)을 사료로 했기 때문에 흔히들 변소를 겸한 곳에서 길렀다고 한다.

여태후는 고조가 아직 이름도 없이 떠돌던 시절에 결혼했으며 젊어서부터 많은 고생을 했다.

고조가 망명하고 군도(群盜)가 되고 또 거병(擧兵)하고 어쩌고 하는 동안 그녀는 고조를 만나 볼 수조차 없었고, 고향 패현(沛懸)에서 아들 효혜(孝惠 : 高祖의 뒤를 이은 2대 皇帝)와 딸 노원(魯元), 그리고 시부모를 섬기며 농사를 짓고 살았다.

고조가 항우(項羽)와 싸우게 됐을 때는 인질이 되어 죽을 고비를 겪는 등 이래저래 고조와 함께 결혼생활을 한 시절이 거의 없었다.

고조와 다시 만나 살게 된 것이 항우가 멸망하기 직전, 오랜 별거 생활로 하여 두 사람 사이에 어쩔 수 없이 금이 가게 됐는데, 이 금을 메우기도 전에 고조가 황제에 즉위하는 바람에 그녀는 황후 생활을 하게 됐다.

척부인은 고조가 한왕(漢王)이 되었을 무렵에 얻어 들인 애첩이었
고, 뒤에 조왕(趙王)이 된 아들 여의(如意)를 낳았다.

척부인은 여태후보다 젊고 아름다웠다고 한다. 고조가 싸움터로 나
갈 때마다 그녀를 달고 다녔고, 황제가 된 후에도 나들이 할 때면 언
제나 그녀를 곁에 데리고 다녔다. 그래서 이미 여색이 바랜 여태후에
게 고조의 발길은 뜸하기 마련이었다.

그런 데다가 고조는 태자 효혜가 인약(人弱)한데 반해 척부인이 낳
은 조왕 여의는 강의활발하다 하여 효혜를 폐하고 여의를 태자로 봉
하고 싶어 해서 여태후는 또한 태자 옹립을 위해 필사적인 투쟁을
해야만 했다.

중신들의 간언과 특히 유후(留候)인 장량(張良 : 張子房)의 책략으
로 태자를 바꾸는 것을 그만 두기로 했지만 태자의 지위가 확보되기
까지 여태후의 불안은 이만저만 컸던 것이 아니었다.

이와 같은 모든 환경이 여태후의 성격을 지독하게 만들어 놓았는
지 모른다.

고조가 죽고 혜제가 즉위하자, 드디어 여태후는 때를 만났다. 오랫
동안 증오해 오던 척부인에 대해 시퍼런 칼을 뽑아 든 것이다.

여태후는 먼저 척부인을 잡아다가 여자 죄수들만 가두는 영항(永
巷)에 감금시켰다. 다시 척부인의 아들 조왕 여의를 소환했다.

혜제는 여태후가 조왕 여의를 죽이려는 계획을 눈치 채고 급히 서
둘러 임지(任地)에서 오는 이복 동생 여의를 친히 마중나가 가로채
가지고 자기의 궁전으로 데리고 갔다.

그리고 함께 침식을 하면서 그를 보호해 주었다. 이래서 여태후의
계획은 좀 늦어져 갔다.

여태후가 기회만 노리고 있던 어느 날 새벽, 마침 혜제가 궁장(弓

場)으로 나가고 여의만 남게 된 틈을 타서 그녀는 시녀를 시켜 독약을 여의에게 먹였다. 열 살 밖에 안되는 어린 여의는 그 독약을 마시고 배를 잡고 고통받다가 죽었다.

여의를 독살시킨 여태후는 후궁 뜨락에 처형 장소를 마련하고 척부인을 끌어냈다.

커다란 도마 위에 척부인을 묶어 놓고 먼저 수족부터 잘라 버렸다.

눈을 도려내고 귀를 불에 지져서 뜯어냈다. 독약을 먹여 목줄기를 태워 버렸다. 그리고는 변소에 처넣고, 사람돼지라고 이름 붙였다.

이런 가혹한 형벌은 한 두 시간에 끝난 것이 아니다. 여러 날을 두고 한 가지 한 가지씩 가해졌다.

사람의 목숨은 굉장히 모진 모양이다. 척부인은 눈이 빠지고 귀가 떨어지고 목줄기가 타서 벙어리가 되고, 그리고 팔다리가 다 잘렸는데도 죽지 않았다.

그런지 며칠 후, 여태후는 혜제에게 원형(原形)을 잃은 척부인을 구경시켰다. 혜제는 처음이 그것이 무엇인지 몰랐다. 그런 괴상한 동물을 본적이 없었던 것이다.

나중에야 그것이 척부인이란 말을 듣고 그는 그만 눈을 가리고 통곡하다가 그대로 졸도하여 정신을 잃었다. 상심한 나머지 앓아눕게 되더니 일년 내내 회복되지 못했다.

혜제는 여태후에게 사자를 보내서 탄원했다.

"그런 일은 인간으로서 도저히 할 수 없는 짓입니다. 저는 모후마마의 아들로서 더 이상 천하를 다스릴 수 없습니다."

그 때부터 혜제는 일체 정사를 돌보지 않고 주색으로 세월을 보내면서 자기의 목숨을 단축시켰다. 빨리 죽고 싶었던 것이다.

이렇게 되자 여태후는 얼씨구나 잘 됐다 하며 모든 안건들을 직접 결재해 나가기 시작했다.

하지만 그녀는 척부인에게 처참한 복수를 한 것으로 결코 만족하지 않았다. 그녀의 권력욕(權力慾)은 차츰 유 씨(劉氏)네 사직 자체를 위태롭게 했다.

혜제는 임금이 된 지 7년만에 23세로 죽었다. 그의 뒤를 이어 어린 소제(少帝 : 뒤에 여태후가 죽였음)가 있었지만, 천하에 발표하는 모든 정령(政令)은 여태후로부터 내려졌다.

여 씨 일족을 왕후로 봉하는 등 그녀는 정치의 실권을 몽땅 쥐고 있었으므로 사실상 여제였다.

이렇듯이 여 씨 일족의 세력은 그야말로 아침 해가 떠오르듯 줄기차게 뻗어만 갔다.

그러나 여태후가 늙어 죽자 드디어 〈여 씨의 난(亂)〉이 일어났다. 세무십년(勢無十年)이라더니, 그것은 여 씨 일족의 전권(專權) 이후 여태후 칭제(稱帝) 8년 때 일이었다.

이 때까지 기회만 노리고 있던 주발(周勃)과 진평(陳平)을 위시한 고조의 유신(遺臣)들이 여 씨 일족 8백여 명을 주살(誅殺)하고 문제(文帝 : 高祖의 아들로 전처의 소생임)를 옹립함으로서 비로소 한조(漢祖)의 기초가 제대로 서게 됐다.

시앗 싸움은 저승에 가서도 한다는데, 이 두 여자의 숙명적인 칼부림은 2천 2백년이 다가오는 오늘 날까지도 함께 윤회전생(輪廻轉生)하면서 치열하게 계속되는 건 아닐까.

"표범은 그 아름다운 가죽 때문에 죽는다."라고 장자(莊子)가 말했다. 척부인은 아름다웠기 때문에 고조의 사랑을 받은 죄로 결국 비참하게 죽었다.

《시경(詩經)》에 "죽어도 따르리라. 죽는 한이 있어도 마음을 변치 않고 따르리라"라는 구절이 있다.

척부인이 여태후한테서 끔찍한 형벌을 받을 때, 고조를 향해 속으로 그렇게 부르짖지 않았을까.

▌ 엘리자베드 버틀리

십육 세기 헝가리의 백작부인, 엘리자베드 버틀리는 역사상 가장 잔인한 악녀들 중의 악녀라고 말할 수 있다. 그녀는 아름다움과 젊음을 유지하는 비법이라고 믿어 600명 이상의 처녀들을 참살하고 그 피로 목욕한 여자였다.

엘리자베드 버틀리는 1560년 헝가리의 칼파치아 산맥에 둘러싸인 성에서 태어났다. 그 곳은 그 때까지 중세의 어두운 분위기가 남아 있었다. 숲에는 늑대나 여우가 나오고 마녀와 요술사들이 약초를 뜯고 있었던 때였다. 흡혈귀의 전설도 이런 동유럽의 살벌한 풍토에서 태어났다.

버틀리 가문은 함스부르크 왕가와 친척으로 트란실바니아 왕이나 폴란드 왕등을 배출한 굴지의 명문이었으나 막대한 재산과 영지를 잃지 위해 근친결혼을 많이 했다. 때문에 집안에 미친 사람이나 정신이상자들이 많이 태어났다.

엘리자베드는 꿈과 같은 행복한 어린 시절을 보냈으나 15살 때 나다스디 가문의 페렌츠 백작에게 시집을 가고 나서 사정이 바뀌었다.

24시간 동안 옆에서 일거일동을 감시하는 시어머니. 전쟁에 나가 거의 집에 없는 남편. 인가에서 떨어진 외로운 성. 사교생활이 없는 지루한 생활. 그리고 아이가 생기지 않는 이유가 며느리에게 있다고 책망하는 시어머니.

그런 엘리자베드의 유일한 즐거움은 몇 시간이라도 거울 앞에 앉아 드레스나 보석을 몸에 걸쳐 보는 것이었다. 갸름한 얼굴. 화려한 금발. 신비한 눈 등 이상한 아름다움이 그녀에게 있었다.

그런데 엘리자베드는 오랜 불임 뒤에 계속해서 4명의 아이를 낳자 그 화려했던 미모가 시들기 시작했다. 그래서 그녀는 젊어지기 위해 한 마술사에게 받은 독초를 사용해 보았으나 기대한 효과는 나타나지 않았다. 엘리자베스는 당황했다.

그러던 어느 날 아침, 언제나처럼 거울 앞에서 머리를 빗고 있던 엘리자베드는 새로 온 시녀가 실수를 하자 화가 나서 뺨을 때렸다. 그 때 엘리자베드가 끼고 있던 반지에 긁힌 하녀의 얼굴에서 피가 났다. 그 피가 엘리자베드의 손에 튀었다. 손을 보니 피가 묻었던 곳이 다른 부분보다 미끌미끌해진 것 같은 기분이었다.

엘리자베드는 미칠듯이 기뻐했다. 그녀는 자기가 마술사도 모르는 미용법을 발견한 것이라고 생각했다. 젊은 여자의 피. 그 피가 닿은 뒤 미끌미끌해진 피부.

급히 커다란 그릇이 운반되었고 손을 뒤로 묶인 여자가 끌려와 큰 그릇 안에 넣어졌다. 하인 피츠코가 여자의 팔을 꼭 잡고 하녀 도루코가 면도날로 여자의 몸 여기저기에 상처를 냈다. 여자의 전신에서 비오듯이 피가 쏟아졌으며 그릇에 받아졌다.

여자의 몸에서 피가 모두 빠지자 하인이 시체를 옮겨 갔고 엘리자베드는 벌거벗은 다음에 천천이 그릇 안으로 들어갔다.

그녀는 '아아! 젊은 여자의 피!'라고 환희의 소리를 지르며 손으로 담아올린 피를 온 몸에 뿌리기 시작했다. 그 때부터 시녀들은 젊은 여자의 피를 구하기 위해 가까운 마을을 찾아다녔다. 성에 가서 백작

부인의 마음에 들면 꿈과 같은 생활을 할 수 있다는 그들의 말을 믿고 젊은 여자들은 즐거운 마음으로 성으로 찾아갔다.

하지만 일단 성 안에 들어가면 이미 살아 올 희망은 없었다. 우선 「가축우리」라고 하는 지하감옥에 갇혀, 맛있는 음식을 먹고 점점 살이 찌게 된다. 살이 찌면 찔수록 좋은 피가 나온다고 엘리자베드가 믿고 있었기 때문이었다. 그리고 그 뒤는……

엘리자베드가 행한 고문은 여러 가지였다. 겨우 배 한 개를 훔친 여자는 벌거 벗겨진 후 정원의 큰 나무에 붙들어 매고 온몸에 꿀을 칠해 뜨거운 햇빛 아래 두어선 개미나 구더기들의 먹이로 만들었다.

어느 때는 「철의 처녀」라는 도구가 등장했다. 등신대의 벌거벗은 인형으로서 피부는 사람과 똑같은 색이고, 기계장치로 눈과 입이 열렸으며 머리카락도 있었다.

여자를 벌거벗겨 인형 앞에 놓으면 톱니바퀴가 움직여 인형은 두

눈과 얼음에 싸인 체리터 성 ▲

팔을 올려 여자를 감싸안는다. 다음에 인형의 가슴이 열리는데 그 안은 비어 있으며 좌우로 펼쳐진 문에 다섯 개의 칼날이 있다.

인형의 몸 안에 갇힌 여자는 필사적으로 칼들에 전신을 찔려 뼈가 부서지고 피를 흘리며 무서운 공포 속에서 죽어갔다.

그것과 비슷한 것으로 쇠로 만든 커다란 새장도 있었다. 사람이 겨우 들어갈 정도의 새장에 여자를 무리하게 집어넣고 도르래를 사용해 허공의 매단다.

다음에 시녀들이 벽의 스위치를 누르면 몇십 개의 가시들이 일제히 새장의 창살에서 안쪽으로 튀어나온다.

공포에 사로잡힌 여자들은 몸을 움직여 가시를 피하려고 하지만 새장은 허공에서 좌우로 크게 흔들리기 시작한다. 여자의 육체는 새장 안에서 잘게 잘라지고 그 피는 밑에 뚫린 많은 구멍에서 아래에 있는 큰 그릇 안으로 흘러내리게 된다.

하지만 시간이 갈수록 젊은 여자를 구하는 것이 어렵게 되었다.

엘리자베드가 10여 개의 성을 갖고 있었다고 해도 단기간에 모여성으로 간 수백 명의 여자들은 어떻게 되었을까?

여자들로부터 편지도 없었고 부모가 만나려고 성으로 찾아와도 만날 수 없다며 돌려보낼 뿐이었다.

가까운 곳의 사람들이 여자를 보내지 않게 되었기 때문에 더욱 먼 마을까지 손을 뻗어야 했다.

많은 여자들이 돈에 끌려 이 「사냥」의 희생물이 되었다. 여자를 기다리는 것이 어떤 운명인지 알고 있어도 신경 쓰는 사람은 없었다.

하지만 그러고 있는 동안에도 눈끝의 주름, 처지기 시작하는 피부 등 엘리자베드도 늙어갔다. 약초와 향유, 진흙, 목욕, 그리고 수백 명의 젊은 여자들의 피, 가끔 그녀는 그것들이 모두 소용없다는 생각마

저 했다.

교구의 신부는 때때로 엘리자베드의 하인들에게 불려가 심야의 매장을 도와주었다.

"이 여자들은 병으로 죽었습니다. 마을에 소동을 일으키고 싶지 않으니 비밀로 해 주십시오."

백작부인의 사용인들이 말하는 것을 처음에는 신부도 믿었다. 그러나 시체들이 너무 많았으며 몰래 매장했고 시체들이 모두 젊은 여자들뿐이라는 것에 대해서 신부는 이상하게 생각했다.

그러던 어느 날, 신부는 성과 교회를 연결하는 지하도의 돌계단을 내려가 체이터 성 주위의 묘 근처에서 바닥에 산처럼 쌓여 있는 관들과 그 안에 들어있는 시체들을 발견했다. 어느 것이나 날카로운 칼로 베어낸 듯한 흔적들이 많이 있었고 마른 피가 붙어 있었다.

그렇게 되어 신부가 교회 감독에 호소하여 수사가 시작되었다. 그리고 소름끼치는 사실이 차차로 밝혀지기 시작했다.

1610년 12월 29일 주지사, 신부, 많은 군인들이 눈과 얼음에 갇힌 체이터성으로 전진했다.

성 앞에 도착했을 때 철문은 그들을 유혹하듯이 조금 열려 있었다.

그들을 반긴 것은 너무나도 무서운 광경이었다. 지하실에는 관들이 산처럼 쌓여있었고 피가 말라붙은 커다란 그릇이 방 가운데에 있었다. 나무상자 안에는 녹이 슨 「철의 처녀」가 잠들어 있었다.

바닥에는 그 때까지 새로운 핏자국이 있었고, 아울러 피가 묻은 끌 등이 널려 있었다. 모포에 쌓인 여자들의 사체가 발견되었다. 손발이 잘리고 벌거벗은 몸 전체에 구멍들이 나 있는 무참한 모습의 시체들이었다.

그 때 돌벽 사이에서 신음소리가 들려왔다. 군인들이 벽을 조사했

으며 조그만 비밀문을 발견했다. 그 곳에 들어간 그들은 배설물 냄새
와 겹쳐져 쌓여 있는 20인 정도의 여자들을 발견했다.

서둘러 물과 먹을 것을 갖다 주자 여자들은 의식을 회복하고 증언
을 했다.

성에 도착하자마자 그 돌감옥에 갇힌 이래 한 번도 먹을 것을 주
지 않아 배가 고팠고…… 서로 잡아 먹으라고 했다는 것이었다. 그리
고 그 날 아침에도 두 여자가 끌려갔는데 돌아오지 않았다는 것이다.
그것이 아까 본 사체였다.

다음에 일행은 성의 별관과 연결된 지하도를 수색했다.

안으로 들어간 일행은 화려한 드레스에 보석을 장식한 모습으로
앉아서 화장을 하고 있는 엘리자베드를 발견했다. 새빨간 입술에 새
하얀 이를 보이면서 그녀는 그들에게 미소 지었다.

"드디어 마지막이군. 하지만 당신들이 나를 체포할 수는 없소. 나
는 엘리자베드 버틀리야. 누구에게도 나를 체포할 권리가 없어."

"이 여자를 잡아라."

그녀를 잡으러 온 지휘자는 그 말 밖에 할 수 없었다. 죄의식도 느
끼지 않으며 체포된 엘리자베드는 이 체이터 성에서 종신형을 받게
되었다. 그녀는 벽에 먹을 것을 넣어주는 구멍이 열릴 뿐인 밀실에
갇혔다.

그 후 외부와의 교류는 일체 차단되었으며 감시하는 사람 외에 그
성에서 사는 사람은 없게 되었다.

하인 피츠코와 고문의 공범자들은 손가락과 발가락을 하나씩 자른
후 산 채로 불태우는 극형에 처해졌다. 그러나 엘리자베드의 성과 재
산은 몰수를 면했으며 그녀도 사형이 될 것이었는데 종신형으로 감
면되었다. 버틀리 가문이라는 헝가리 최고의 성역을 국왕도 어떻게

할 수는 없었다.

엘리지베드는 최후까지 자기가 저지른 죄에 대해서 후회하지 않고, 신의 용서를 빌지도 않았다.

그녀는 이해할 수 없었다. 어째서 그런 신분을 가지고 있는 자신이 감옥에 갇혀야 하는지, 자신의 욕망대로 사는 것이 어째서 세상에 죄가 되는지.

모든 것을 잃은 엘리자베드를 기다리고 있는 것은 감옥 안에서 영양실조에 의해 천천히 다가오는 죽음뿐이었다. 3년 반을 그 감옥에서 보내고 1614년 8월 21일 엘리자베드는 세상을 떠났다.

육체는 말라 어린이처럼 가벼웠으며, 얼굴에는 깊은 주름이 잡혀 그 화려했던 미모는 찾아 볼 수가 없었다. 향년 54세였다.

3.
과학은 없다

▌ 남자도 임신?

남자가 출산을 한다? SF영화에서나 가능할 듯한 이야기가 머지않은 미래에 현실이 될 수 있다고 장담한 과학자가 있다.

런던대학의 윈스턴 교수로 체외수정의 최고 권위자. 그가 주장하는 '남자 임신'의 원리는 여자의 자궁 임신과 똑같은 방법이다. 체외에서 인공수정을 한 다음 이를 복강 내에 이식하여 대장 등의 내장에 착상시킨다는 것이다.

이미 여자의 경우 수정란을 대장에 착상시켜 출산에 성공한 적이 있기 때문에 남자도 불가능한 것만은 아니라고. 다만 실험을 원할 남자가 있을지, 윤리적으로 용납될지가 문제일 뿐이라고 한다.

▌금을 먹고 황금이 열리는 나무?

'옷나무에 옷 열리고 밥 나무에 밥 열리고…….' 그 옛날 헐벗고 굶주리던 우리 조상들이 만들어낸 동요다.

그런데 뉴질랜드에서는 꿈에서나 가능할 이런 일을 현실로 만들기 위해 연구를 하는 사람들이 있다. 바로 황금이 열리는 나무를 개발하기 위해 나선 것이다.

식물은 광합성 작용뿐만 아니라 뿌리로 땅 속의 각종 성분을 흡수해 먹고 사는 생물이다. 뉴질랜드의 한 연구팀은 바로 이 원리를 이용, 뿌리의 흡수력이 강한 유채과 식물로 실험을 했다.

이 식물이 땅속에 함유된 금을 흡수, 줄기에 축적하면 이를 건조시킨 후 불에 태워 금을 회수한다는 것이다.

실제로 이 유채과 식물은 이미 토양과 지하수 속에 함유된 방사선 물질 등 위험한 성분을 제거하는 데 이용되고 있다.

그들의 실험이 성공을 한다면 머지않아 '황금이 열리는 나무'를 정원에 심을 수 있지 않을까.

▌ 우주에서 온 다리가 여섯 개 달린 동물?

과학사를 뒤져 보면 동물계에도 완전한 신종이 발견되는 예가 없지 않다. 겉보기에는 곤충이지만 곤충이 아닌 새로운 '동물' 앞에 학계가 두 손을 들 정도로 놀라고 있다.

이 '동물'의 다리는 6개이고 놀랍게도 발에는 빨판이 달려 있다. 전체적인 생김새는 흉측하기 짝이 없다.

학자들이 몸길이 12.5센티미터인 이 동물의 정체를 밝히려고 연구에 몰두하고 있으나 아직까지 '오리무중'이다.

괴물 네시와 빅 푸트를 연구하는 캐나다의 미지동물 학자 잭 안델 박사도 직접 관찰하고 싶어 안달을 내고 있다. 그러나 사진과 현재까지 입수 가능한 모든 정보를 바탕으로 내린 결론은 황당하게도 '다른 세계' 즉 우주에서 왔을 것이라는 내용이다.

▌기린의 '긴 목'은 약육강식에서의 생존 무기

기린은 포유류 가운데 가장 키가 큰 동물로 키의 절반을 목이 차지하고 있다. 기린의 경추는 다른 포유류와 마찬가지로 일곱 개인데, 다만 한 개, 한 개의 길이가 남다르게 길 뿐이다.

기린은 소의 이웃사촌쯤 되는 초식동물로 사자, 표범의 먹이가 되기에 딱 알맞은 조건을 골고루 갖추고 있다. 살아남기 위한 무기로는 멀리서 눈에 잘 띄지 않도록 해 주는 얼룩무늬, 도망치기 쉽게 빠른 발, 그리고 먼 데까지 망을 볼 수 있는 긴 목이 고작이다.

얼룩무늬와 튼튼하고 빠른 다리는 그렇다 치고 목이 길어진 것은 언제부터일까? 진화학자들은 두 가지 학설을 주장한다. 하나는 프랑스 라마르크의 '사용하는 기관은 발달하지만 그렇지 않은 기관은 퇴화한다'는 원칙에 따라 목이 점점 길어졌다는 설이다. 다른 하나는 다윈의 생존경쟁력이 강한 '목이 긴 녀석만 살아남았기 때문'이라는 설이다.

■ '홍일점'은 석류꽃의 시적 표현

많은 남자들 가운데 여자가 하나 포함될 때 '홍일점'이라고 부른다. 그러나 홍일점의 '일점'이 무슨 꽃을 가리키는지 아는 사람은 많지 않다.

'홍일점'은 석류꽃을 말한다. 처음 이 말을 쓴 사람은 중국 송나라의 유명한 학자이자 시인인 왕안석이다. 그의 '석류시'에 '사면 가득한 녹색 숲에 붉은 점 하나'라는 구절이 바로 그 출처다. 왕안석은 이 시에서 석류를 홍일점으로 표현한 것이다. 그러나 석류는 꽃보다 열매가 더 아름답기 때문에 왕안석의 이 '홍일점'은 어쩌면 꽃이 아니라 과일을 가리키는 지도 모른다. 석류는 대부분의 나라에서 '먹는 과일'로 여기지만 일본을 비롯한 몇몇 나라에서는 관상용으로 줄기는 '보는 과일'이다. 그렇다고 '홍일점'이 먹느냐, 보기만 하느냐의 차이는 물론 아니다.

▌파도는 이동 없는 '제자리 운동'

　같은 물결이라도 바다에서 일면 파도가 된다. 물결이 이는 데는 당연히 에너지가 필요하다. 조용한 수면을 일렁거리게 만드는 에너지는 바로 바람이다. 바람을 받은 물은 이 에너지를 한 장소에서 다른 장소로 이동시킨다. 이 에너지의 이동이 우리가 보는 파도로 나타나는 것이다. 이 때 중요한 것은 에너지는 이동시키지만 물은 제 자리에 그냥 머물러 있다는 점이다.

　파도치는 바다에 나무판자를 던져 넣었을 때 일렁거리기만 할 뿐 '앞으로 전진'하지 않는 것도 이 때문이다. 바람을 받은 물은 치솟았다가 가라앉는 원운동만 되풀이 할 뿐 스스로 앞으로 나가려는 전진운동은 하지 않는다는 뜻이다. 다만 바람에 밀린 파도는 연안으로 밀려오는 전진운동을 하지만 바닷물 자체는 제 자리에서 원운동만 한다는 것이다.

　얼핏 듣기에는 정치가들의 특기인 '궤변' 같지만 이것이 바로 파도와 물운동의 진상이라는 것이다.

▌새끼 돌고래를 죽인 것은 '아빠'?

영국 스코틀랜드 북동부 해안에 죽은 돌고래 새끼가 떠오르기 시작한 것은 1992년이다. 그 뒤 5년 동안 8마리가 표착해 학계의 관심을 끌게 됐다.

스코틀랜드 해양학자들의 조사 분석에 따르면 이 가운데 다섯 마리는 공격을 받은 흔적이 있는 일종의 '사고사'로 밝혀졌다. 그 뒤 끈질긴 추적 조사 끝에 돌고래 새끼를 죽인 범인은 어미 돌고래. 그 중에서도 아빠라는 것이 잠정적인 결론이다.

아빠가 새끼를 죽이는 까닭은 넘쳐나는 정력때문이라는 가설도 제기됐다.

암돌고래는 2~4년 주기로 출산을 하지만 새끼가 죽으면 그 즉시 발정해 수돌고래를 찾아 나선다는 것이다. 그래서 독수공방하던 수돌고래가 신방을 차릴 욕심에 새끼를 죽여 암돌고래를 유혹한다는 것이다.

반면 특정 해역에 먹을 것이 모자라 어미들이 우선 새끼부터 '처치'했을 것이라는 설도 있다. 이에 대해 돌고래 보호협회는 해양오염과 스트레스가 돌고래로 하여금 끔찍한 짓을 저지르게 했다고 주장하고 있다.

▌ 운동신경이 무디면 기억력에 문제

사람에 따라서는 열심히 운동을 해도 좀처럼 실력이 늘지 않는 경우가 있다. 그런 사람은 '운동신경이 무디다'고 생각하기 마련이지만 사실은 운동신경이 아니라 기억력에 문제가 있기 때문이다.

같은 연습량에도 결과의 차이가 나는 것은 기억력에 차이가 있어서다. 운동신경이 발달한 사람은 다른 사람의 움직임을 기억하는 능력도 뛰어나 이를 금방 모방할 수 있지만 기억력이 뒤지는 사람은 그렇지 못한 것이다.

그러나 그렇다고 운동을 잘하는 사람이 공부도 잘하느냐 하면 반드시 그렇지는 않다. 같은 기억력이라도 운동 학습을 관장하는 것은 소뇌, 언어와 추상 능력을 관장하는 것은 대뇌이기 때문이다.

그러므로 운동과 연관된 기억력이 나쁘다고 해서 공부도 못하는 것은 결코 아니다. 운동도 잘하고 공부도 잘하는 사람은 두 가지 기억력이 모두 뛰어난 '복 받은 사람'이다.

▌ 아무리 때려도 통증을 모르는 '뇌'

아픔을 느끼는 것은 뇌의 몫이다. 회초리로 종아리를 맞든, 가슴을 자동차에 부딪치든 최종적으로 뇌가 '통증'을 판단한다.

그러면 뇌가 직접 얻어맞거나 어딘가에 부딪치면 얼마나 아플까? 두개골을 벗겨낸 다음 뇌 자체를 때리거나 얻어맞는 장면은 상상만으로도 소름이 끼치지만 걱정할 필요가 없다.

뇌는 남(다른 부위)의 아픔은 느껴도 자신의 아픔은 전혀 느끼지 못하기 때문에 두개골만 없으면 아무리 얻어맞아도 아프지 않다. 사람이 '아픔'을 느끼는 것은 피부·내장 등이 받은 충격을 신경이 뇌에 전달해 주기 때문이다. 그러나 뇌에는 아픔을 느끼는 신경은 있어도 감각을 인지하는 기능은 없기 때문에 자신이 얻어맞는 것을 깨닫지 못한다. 그러나 뇌 자체가 아니라 두개골은 신경조직을 완벽하게 갖추고 있어 알밤 1대를 맞아도 눈물이 찔끔 나올 정도로 아픔을 느낀다.

▌ '싱싱한 생선'의 비결은 한방 침술

생선 값은 신선도에 따라 달라진다. 그래서 생선 눈알에 색깔을 칠하고 비늘과 아가미도 가공을 해서 싱싱함을 가장하는 부도덕 상술이 활개를 치는 경우도 없지 않다.

그런데 유해한 화학 염료로 사기를 치지 않고도 '싱싱한 생선'을 만들어내는 방법을 개발한 업자들이 있다. 이웃 일본의 오이다현 수산 컨설턴트는 한방의 침술을 생선에 활용하여 오랫동안 싱싱함을 유지할 수 있도록 하는 기술을 개발한 것이다.

인체와 마찬가지로 생선에도 경혈이 있기 때문에 해당 경혈을 침으로 자극하여 마비시키면 아가미 호흡은 하더라도 헤엄을 치는 등 활동은 하지 못하게 된다. 때문에 장거리 수송에서도 '비명횡사'할 염려가 없고 따라서 싱싱한 활어를 공급할 수 있다는 것이다. 이 방법을 개발한 수산 컨설턴트는 이제 바다에 나가 고기를 잡기보다는 방안에서 침만 놓아 주고도 훨씬 높은 수익을 올리게 되었다고 벌어진 입을 다물지 못하고 있다.

▍가장 큰 닻줄고리는 210킬로그램

배가 항구에 정박하면 쇠사슬에 매단 닻을 내린다. 이 때 중요한 것은 닻이 아니라 쇠고리(링)를 엮어서 만든 닻줄이다.

배의 크기에 따라 닻줄의 무게도 달라진다. 그러나 고리 하나하나의 규격과 길이는 국제 규약에 정해져 있다.

고리의 직경은 7센티미터의 철봉을 원형으로 가공하여 만든다. 고리의 길이는 철봉 직경의 6배 폭은 3.6배이다. 닻줄의 총 길이는 배의 크기와 관계없이 대개 27.5미터로 정해져 있다. 가령 6만 톤급의 상선일 경우 직경 7센티미터 철봉으로 만든 고리 한 개의 길이는 42센티미터. 폭은 25.2센티미터가 된다. 하나의 무게는 45킬로그램이다.

현재 가장 큰 고리는 길이 79.2센티미터, 폭 47.52센티미터, 무게 210킬로그램으로 알려져 있다. 항해 중에는 이처럼 엄청난 크기와 무게의 닻줄을 갑판 밑 전용 수납공간에 보관한다.

또 특수강으로, 바닷물과 내리고 끌어올릴 때의 심한 마모도 너끈히 견디기 때문에 평균 수명은 10년이 넘는다.

■ 호주 독거미에게 물리면 끝장

방울뱀보다 더 무서운 것이 독거미이다. 특히 호주 시드니 주변에 서식하는 독거미는 지구의 생물들 가운데 가장 지독한 맹독성을 지닌 생물 중의 하나로 꼽힌다.

때문에 시드니 주변에 사는 사람들은 '자나깨나 독거미 조심'이 생활지침이 되고 있다. 이 거미의 독은 1만 7,000분의 1밀리그램만으로도 사람의 목숨을 빼앗을 수 있을 정도다.

독만 지독한 것이 아니라 이빨도 무척 날카로워 구두 뒤축을 뚫고 사람을 물 수 있다. 주로 땅속 깊이 살고 있기 때문에 완전히 없애자면 시드니 전체를 적어도 1미터 깊이로 파헤쳐서 약을 뿌려야 하는데, 이는 현실적으로 불가능하다.

또 강력한 살충제를 뿌리자니 독거미만 잡는 것이 아니라 사람을 비롯한 다른 동물에까지 치명적인 피해가 따르기 때문에 이 역시 뜻대로 할 수 없는 일이다. 그래서 대신 독거미 백신 개발을 서두르고 있다고 한다.

▌ 바다의 울보 '거북'

바다거북은 알을 낳으면서 대개 눈물을 흘린다. 출산의 고통이 심해서 우는 것은 아니다. 그렇다고 태고적 조상 거북이 토끼에게 당한 것이 새삼 원통해서 우는 것도 아니다.

알을 낳을 때뿐만 아니라 거북은 시간만 나면 눈물을 흘리는 바다의 울보다. 시도 때도 없이 울어야 하는 말 못할 사연이 따로 있다.

바다거북은 목이 마르면 미련스럽게 바닷물을 그냥 마신다.

당연히 염분을 과다하게 축적하면 건강에 안 좋은 것은 거북이라고 예외는 아니다.

이 때문에 이를 여과해서 몸 밖으로 배설해야만 타고난 목숨대로 장수할 수 있는 것이다.

그래서 거북은 눈물로 체내의 과다한 염분을 여과해 배설한다.

그래서 슬프지 않아도 살기 위해 어쩔 수 없이 울어야만 한다는 것이다.

▌인체 중 발가락이 가장 더러워

사람 몸 가운데 가장 더러운 곳이라면 누구나 콧구멍이나 배설기 관을 떠올리기 마련이지만 사실은 그렇지 않다.

어디가 더러울지 궁금해 견디다 못한 일본의 한 의사가 직접 조사에 들어갔다.

완전 멸균 거즈를 1평방 크기로 잘라 몸의 각 부위에 붙여 두었다가 8시간 뒤에 떼내어 세균이 얼마나 달라붙었는가를 분석했다. 조사 결과 '가장 더러운 부위'는 발가락으로 밝혀졌다.

가장 깨끗한 것으로 밝혀진 어깨와 팔을 1로 했을 때 구두 속의 발가락 사이는 140이나 됐다는 것. 그러나 이것은 어디까지나 조사 대상의 평균치. 심한 경우는 700으로 나타나기도 했다.

대부분의 직장인 셔츠·넥타이·스카프 등 겉에 보이는 것에는 신경을 쓰지만, 구두로 가릴 수 있는 발가락까지는 생각이 미치지 못하고 있다는 증거이다.

콧구멍이나 배설 기관보다 더 더러운 발가락으로 우리는 하루하루를 바쁘게 살아가고 있는 셈이다.

■ 꿀벌의 생식 수수께끼

　지난 60년 동안 꿀벌을 연구해 온 독일 아피안 연구소의 과학자들은 오랜 연구에도 불구하고 꿀벌의 생식은 아직도 의문으로 남아 있다면서 꿀벌은 과학자들이 풀어야 할 수많은 수수께끼도 제공하고 있다고 주장했다.

　이 연구소 과학자들은 꿀벌에 관한 많은 정보를 수집했으나 여왕벌이 약 1만 마리의 수벌 중에서 짝짓기 상대 10여 마리를 어떻게 선택하는지, 수벌은 1.2초에 불과한 짝짓기 후 죽는 반면 여왕벌은 어떻게 수벌의 정자를 최고 6년까지 몸 속에 보관할 수 있는지 등은 완전히 미스터리라고 밝혔다.

4.
기괴한 초능력

▌ 염사 능력

당신은 "내 머릿속의 이미지를 필름에 부딪쳐 기록할 수가 있다면……." 하는 엉뚱한 생각을 했던 적이 없는가.

그런데 염사 능력자에게는 그것이 가능한 일인 것이다.

염사라는 것은 사이코키네시스(염력·염동력. 물리적 수단에

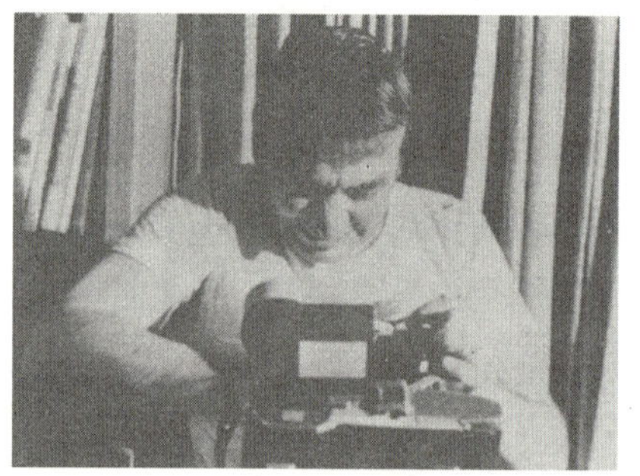

염사하는 테드 셀리오스 씨 ▲

의존하지 않고 물체를 움직인다든지 사물에 영향을 주는 영향력·초능력), 즉 "'카메라' 등을 사용하지 않고 염력으로 직접 자기 머릿속의 이미지를 필름에 감광시킨다든가 카메라의 렌즈를 향해 염을 부딪치게 해서 영상화하는 것"을 말한다.

이 염사능력을 가진 사람은 지금으로부터 70년쯤 전에 일본에서 처음

▲염사한 원시인의 원화. ▲셀리오스가 염사한 원시인

으로 발견되었다. 그 무렵에는 달의 뒤쪽이나 홍법대사 등을 염사한 능력자가 몇 사람이나 있어서 온 세계의 연구가로부터 일본의 염사들이 주목을 받았던 모양이다.

애석하게도 현재에 있어서는 염사의 제1인자는 일본인이 아닌 미국인인 테드·셀리오스라고 전해지고 있다.

▌ 염력 능력

주사위를 던져 눈 하나가 나올 확률은 6분의 1이다. 우연히 2~3회 계속해서 나오는 일이 있어도 결국 오래 계속하면 확률은 평균화한다.

가령 6백 회 정도 뿌리면 1도 6도 백회 전후로 되고 만다는 것이다.

그렇다면 1이 나오도록 마음을 쏟거나 나오게 하려는 강한 의지를 가지고 주사위를 뿌리면 어떻게 될까? 미국의 한 대학의 실험에서 염력을 걸면 확률이 높아진다는 것이 실증되고 있다.

사진 설명
①구부리지 않은 스푼의 분석 사진.

②세키구치 군이 구부려뜨린 스푼의 분석사진.

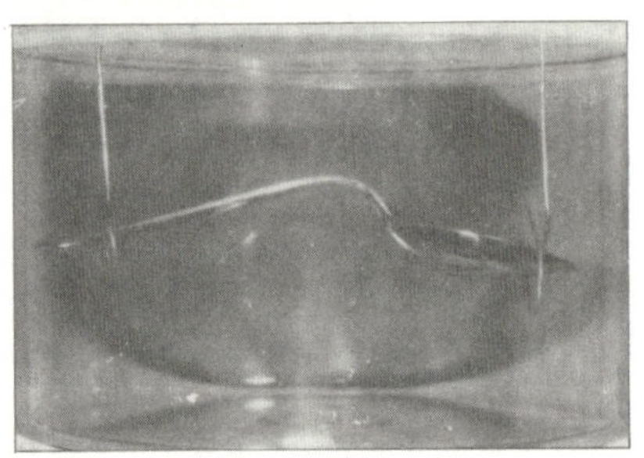

③손을 대지 않고 구부려뜨린 스푼.

이 염력을 사용하는데 따라 무거운 물체를 움직인다든지 물건의 모양을 바꾼다든지 숫가락 등의 금속을 구부리는 일도 가능하다. 이것은 수많은 과학실험에서 증명되고 있는 일이다.

▌ 텔레파시

텔레파시란 정신감응과 독심능력. 전화 등과 같이 물리적인 물체를 일체 사용하지 않고 멀리에 있는 사람과 이야기를 한다든지 상대의 마음을 말 없이 읽어내는 것이다.

구·소련에서는 이 텔레파시에 대한 연구가 진행되고 있었다고 한다. 가령 '전파도 소리도 통할 수 없는 납으로 된 방에 텔레파시를 받을 사람을 들여보내고 그 밖에서 텔레파시를 보내는 사람이 도형이나 말을 머릿속에서 이미지화 하여 내보낸다'라는 식의 실험이나 '1킬로미터 이상 떨어진 장소에서의 텔레파시 교신'등의 실험을 행하거나하여 상당한 성과를 거두고 있다.

또 미국에서는 우주비행사가 달표면에서 미국에 있는 친구를 향하여 텔레파시를 보냈는데 90퍼센트의 확률로 내용을 캐치했다 라는 이야기도 전해지고 있다.

이 텔레파시 능력은 한국에서 흔히 말하는 「이심전심」의 능력인 것이다.

▲사진 설명: 영국의 초능력자 캐론 부부.

▌ 예지 능력

이것은 미래에 일어날 일이나 사건을 미리 예지할 수 있는 능력을 말하는 것으로 프레코그니션(예지력)이라 부르고 있다.

이 능력에 의한 예지는 거의가 영상으로 되어 나타나기 때문에 점 등에 의한 예언과는 전혀 다른 것이라고 생각해야 한다.

예지력은 텔레파시·투시력과 함께 '느끼는 능력', '지각하는 능력'으로서 누구나가 잠재적으로 초능력을 가지고 있다.

'벌레의 알림'이라든가 '불안한 예감'등이라는 말이 있듯이 이 예지력은 옛날로부터 일상 생활에 들어와 있는 능력인 것이다.

영국에서는 자기의 일생을 변화가 일어나는 연월까지 예지하여 그것을 적중시킨 사람이 있을 정도다.

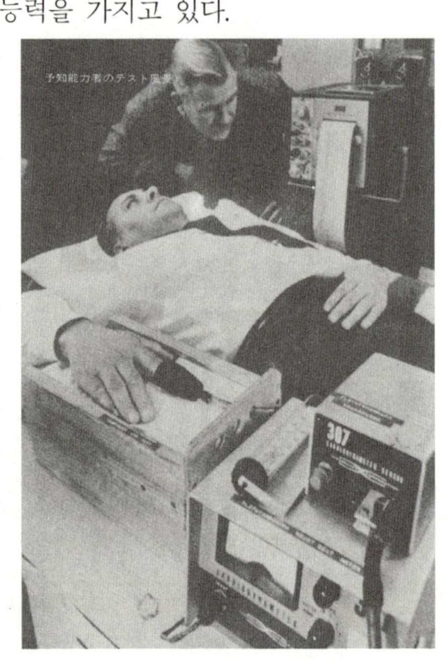

▶**사진:** 예지능력자의 테스트 장면.

▎투시 능력

덮어놓여진 트럼프의 뒷면이 어떤 것인지 맞춘다는 것은 매직·카드가 아니면 할 수 없는 일이라고 생각하고 있는 사람이 많다. 그러나 이것도 능력에 따라서는 맞출 수 있는 것이다.

훈련에 따라서는 숫자까지는 몰라도 색의 구별 정도는 상당한 확률로 맞출 수 있게 된다.

이와 같이 통상저인 시각을 사용하지 않고 여러 가지 물건을 보거나 사실을 알고 마는 능력을 투시능력(크레야보얀스)이라고 한다.

일본에 왔을 때 행방불명된 소녀를 익사라고 단정하여 그 사체가 있는 장소를 상세하게 지도를 그려서 맞춘 네덜란드의 크로와제트의 능력은 완전한 투시력이다.

▶사진: 유명한 투시능력자 크로와 제트

▌영시·영력

영능력자가 어느 사람에게 달라붙어 있는 영이라든가 그 사람의 전생 등을 보는 사람을 영시라 하고 있다.

이것은 5감에 의한 것도 또 인간이 잠재적으로 가지고 있는 초능력에 의한 것도 아니다. 영능력자에 작용을 주고 있는 영력의 활동에 의한 것이다.

영능력자가 그 영력을 사용하는 것은 그 본인의 능력으로서가 아니고 그 사람에게 힘을 빌려주고 있는 수호령의 힘이 활동하기 때문인 것이다. 즉 그 사람은 매체에 지나지 않는다는 것이다.

영력의 작용이 왜 일어나는가 하는 것은 불명하지만 최근에도 이집트에서 천년 전에 살해된 귀족의 미라화한 유체가 영시에 의하여 발견되었다.

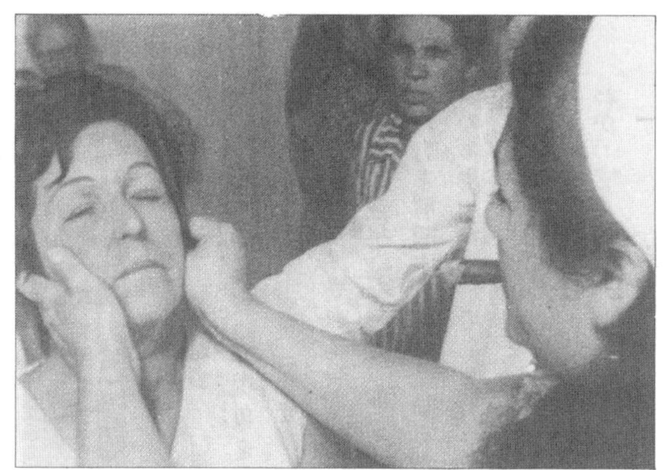

브라질의 심령치료 ▲

체코의 영시능력자와 저자 ▲

▌ 생체 에너지 파워

왜 트럼프 등이 뒤로부터 보이는 것일까? 왜 스푼이 구부러지는가? 왜 꿈 속의 계시라는 현상을 많은 사람이 체험하고 있는 것일까?

현대인의 여러 가지 '왜?'에 대해서의 의문은 지금까지 대부분 해명되지 않고 있다.

그러나 근년에 이르러 세계의 연구가나 과학자들이 이러한 미지의 힘을 해명하는 열쇠가 되어있는 것은 아닐까 라고 생각하기 시작한 것이「생체 에너지」이다.

이 생체 에너지는 인간이나 생물이 가지고 있는 미지의 에너지일 것이라고 하여 이것의 연구가 진행되면 초능력의 수수께끼가 하나씩 밝혀질 것이리라.

손가락 끝으로부터 나오는 생체에너지 파워. ▲

텔레비전 스튜디오에서의 생체 에너지 파워 실험 모습. ▲

▌과거를 볼 수 있는 여류 화가

다이언 하모니라는 여인은 세계에서 알아주는 독특한 초능력 화가이다. 왜냐하면 타인의 전세 초상화를 그릴 수 있기 때문이다.

그녀는 전에 디즈니랜드에서 인물화를 그린 경력이 있고, 또 상업미술 분야에서 파스텔 그림을 그리기도 했다. 미국 로스앤젤레스에 살고 있는 그녀는 이렇게 말했다.

"현재의 자신은 과거의 자신을 반영하고 있습니다. 과거의 세상을 연구하게 되면 전세에서 자신이 무엇을 하고 있었는지, 또 그 행위가 현재의 자신으로 진화하는 데 어떤 역할을 했는지를 알 수 있습니다. 이와 같은 카르마(인과응보)의 장점과 단점을 알면, 그 사람의 현재의 영적 발달에 큰 도움을 줄 수 있습니다."

다이언의 설명에 의하면, 그녀를 찾아오는 사람에게 '과거세'를 계시하면 엄청난 쇼크를 받는 사람도 있다고 한다. 특히 현재의 친구나 근친간에 품고 있는 애증이 자신의 과거세에 뿌리 박고 있다는 대목에 이르게 되면 놀라지 않는 사람이 없다는 것이다.

특히 과거세에서의 성별이 현재와 달랐던 경우가 종종 있다. 그런 말을 들으면 여성들은 의외로 태연하지만, 남성들 중에는 당혹감을 숨기지 못하는 사람이 많다고 한다.

다이언은 어느 젊은 독신 남성의 예를 들어 그런 경우에 대해서 설명했다.

그 남성은 매우 조용하고 부끄러움을 많이 타는 사람이었다. 별로 남과 사귀려고 하지 않으며, 어느 정도 친해질 것 같으면 슬그머니 자기 쪽에서 물러서고 마는 특이한 성격을 가지고 있었다. 다이언은 그 독신 남성이 19세기 초에는 아일랜드에 살았던 여성이었다는 과거세를 알아냈다. 그 여성은 3명의 어린 자식을 두었는데, 흉작으로 인한 굶주림 때문에 무척이나 고생하였다. 더구나 아이들은 소아마비와 같은 질병에 걸려 그녀가 지켜 보는 앞에서 차례로 죽어 갔다. 그리고 마지막에는 그녀도 사망했다.

다이언은 그 남자의 과거세를 자세히 설명해 준 뒤에 그에게 어린 아이들과 접할 수 있는 일을 하라고 조언했다. 현재 그는 다이언의 충고를 받아들인 덕분에 행복한 나날을 보내고 있다고 한다.

▌ 초능력자 장보승

수많은 사람들이 지켜보고 있는 가운데 뚜껑이 닫힌 약병을 그가 한 번 만지고서 몇 번 톡톡 치면 알약이 쏟아져 나온다. 물론 약병에 금이 간 곳은 하나도 없다. 관청 공무원의 불친절한 태도에 화가 난 그가 "반 시간에 한 번씩 화장실에 다니게 하겠소"하며 말하자 얼마 지나지 않아 정말로 그 공무원은 배가 아프다며 쉴새없이 화장실에 드나든다.

이 같은 초능력을 소유한 주인공은 중국 북경에 사는 장보승이라는 사람인데 그에게 특별한 능력이 있다고 알려진 것은 1980년이었다. 스물을 갓 넘었던 장보승은 그 즈음 요녕성 본계시에서 70리 정도 떨어진 아연 광산에서 일하며 살아가고 있었다.

어느 날이었다. 장보승은 이웃에 사는 청년에게 온 편지 한 통을 우체부에게서 건네 받았는데, 봉투에 또박또박 쓰여진 글씨를 본 그는 여자에게서 온 편지일 것 같다고 생각되었으며, 그 내용이 궁금해졌다. 하지만 남의 편지를 뜯어 볼 수도 없는 일이었다. 그는 혹시나 하는 마음으로 편지를 햇빛에 비춰 보다가 중얼거렸다.

"어렵쇼, 안에 있는 글씨가 다 보이잖아! 이거 재미있는 걸."

정말로 믿을 수 없는 일이 생겼다. 편지 봉투 안의 편지지에 쓰여진 글씨가 환희 보이는 것이었다. 그는 단번에 편지 내용을 모두 읽어냈다. 그것은 정말로 애절한 내용을 담고 있는 연애 편지였다.

"자네에게 온 것이야. 연애 편지 같은데, 우리 앞에서 한 번 읽어 보라구."

그는 이웃집 청년에게 편지를 전해주며 내용을 공개하라고 장난을 걸었다. 그러나 그 청년이 숨기며 읽어주려 하지 않자 그가 나서서 편지 내용을 그대로 외웠다. 옆에 있던 사람들이 배를 잡고 웃어댔다.

"아니, 너 왜 남의 편지를 함부로 뜯어보고 그래? 혼나 볼 테야?"

"아, 아니야. 봉투를 뜯은 흔적이 없잖아. 그냥 햇빛에 비춰 본 것 뿐이야."

"말도 안 되는 소리 하지 마. 어떻게 햇빛에 비춰서 편지를 읽을 수 있다는 거지?"

장보승이 사실대로 말했지만 그 때까지 초능력에 대해 들어보지 못했던 산골 사람들은 그의 말을 믿으려 하지 않았다.

"못된 버릇을 가졌는 걸. 상대해서는 안 되겠어."

며칠이 지나자, 사람들은 곧 이 일을 잊었는데, 장보승 본인은 결코 잊을 수 없었다. 자기는 분명히 봉투를 뜯지 않고 내용을 보았는데 사람들은 왜 자신의 말을 믿지 않는 것일까? 그는 누명을 벗기 위해 어느 날 우체부가 가져온 편지들을 여러 사람 앞에서 한 통씩 읽어 내려갔다.

"신기한 일도 다 있군! 정말 봉투도 뜯지 않고 편지를 읽네."

"이제 보니 저 사람은 보통 사람이 아니야. 틀림없이 우리와는 다른 무언가가 있는 거야."

사람들은 비로소 그의 말이 거짓이 아니었음을 인정하면서 그의 신기한 능력에 혀를 내둘렀다.

이 소문은 마침내 본계시까지 전해지게 되었는데, 사람들은 쉽사리 믿지 않으려 했으며, 어떤 이는 거짓이라고 일축했다. 그런데 시 과학 기술 협회의 한 관리가 이 이야기에 흥미를 느끼고 직접 사실 여부를 확인하기 위해 장보승이 살고 있는 산골로 찾아가게 되었다.

며칠 후 그에 대한 여론이 완전히 뒤집어졌다. 장보승은 분명히 초능력자라는 사실이 이 관리에 의해 입증되었기 때문이다.

이 무렵 본계시에서는 몇 건의 도난 사건이 발생했는데, 아무리 애를 써도 범인을 잡을 수가 없었다. 그러자 누군가가,

"그 산골 마을에 초능력을 지녔다는 사람이 있지 않습니까? 우리 그 사람에게 사건 해결을 부탁해 보죠."

하고 건의했고, 이에 장보승은 공안국에 들어가 일하게 되었다. 그런데, 한 달이 지났는데도 사건은 여전히 해결되지 않았다. 단지 몇 명의 현행 절도범만 현장에서 장보승에게 잡혔을 뿐이었다.

그런데 그 즈음 사람들 사이에서 월급이 30원밖에 안 되는 장보승이 갑자기 돈을 많이 쓰고 다니는 것이 이상하다며 어쩌면 그가 바로 범인일지도 모른다는 소문이 떠돌았다. 그것을 알게 된 장보승은 화가 나서 공안국을 나와 버렸다.

결국 한 경찰이 그를 찾아와 사실을 추궁하기에 이르렀고 크게 화가 난 장보승이 펄펄 뛰면서 대들자, 경찰은 그를 감옥에 가두어 버렸다. 뒤늦게 이 사실을 안 상급자가 그를 구하기 위해 달려갔는데 장보승은 이미 사라지고 없었다. 물론 철창의 자물쇠는 그대로 잠겨 있었다.

"이게 어떻게 된 일인가? 그가 벽을 뚫고 나갔다는 말인가?"

사실이 그랬다. 장보승은 흔적을 남기지 않고 감옥의 벽을 뚫고 나갔던 것이다. 이 일로 인해 장보승의 이름은 더욱 알려지게 되었고,

그는 신비로운 인물이 되었다.

고향을 떠나 북경에 도착한 장보승은 한 고위 간부의 병을 고쳐 달라는 부탁을 받게 되었다. 여러 해 동안 병석에 누워 있던 그 고위 간부는 가래 때문에 기도(氣道)가 막혀 위급한 지경에 이르러 있었다. 많은 의사들이 온갖 방법을 동원하여 치료했으나 효과가 없었다.

그런데 놀랍게도 장보승이 가서 그의 몸을 몇 번인가 만지자, 기적같이 가래가 밖으로 나왔다.

"호오, 과연 소문대로 대단한 능력을 지녔군. 의사들도 어쩌지 못한 병을 저렇게 쉽게 고치다니!"

또 언젠가는 중요한 실험 기기가 바다에 빠지는 사고가 발생한 적이 있었다. 최신 탐사기를 동원하여 건져내려고 시도했으나, 기기가 가라앉은 위치조차 밝혀내지 못했다. 결국 그들은 장보승에게 부탁하기에 이르렀고, 그는 바닷가에 몇 번 왔다갔다하더니 그것이 가라앉은 곳을 정확하게 찾아냈다.

그러나 그가 한 일이 모두 좋은 일이라고는 할 수 없었다.

당 지도부에서는 초등 교육조차 받지 못한 장보승의 학력을 고려하여 공부를 하도록 배려했는데, 시험을 치를 때마다 그가 1등을 차지하고는 했다. 비결을 묻자 그는 히쭉히쭉 웃기만 했다. 장보승은 식사할 때 음식을 남기는 것을 무척이나 싫어하여 주위의 동료들이 음식을 남기려고 하면 억지로라도 다 먹이려고 했다. 그래도 말을 듣지 않으면 "옷을 엉망으로 만들어 버리겠어." 하며 음식이 친구의 옷으로 날아가게 했다. 이 때문에 그들은 장보승과 함께 식사를 하는 것을 피하게 되었다.

사람들은 장보승의 능력에 대해 경이로움을 가지고 있었지만, 누구나 다 그런 것은 아니었다. 어느 날 북경의 한 과학자가 초능력을 부정하는 논문을 발표하고 있었다. 이 때 마침 장보승이 참석하게 되었는데, 자신의 논문을 읽던 과학자가 갑자기 읽기를 멈추더니 무언가를 찾았다. 그러자 그의 비서가 장보승에게 다가와 "제발 원고를 주십시오"라고 사정하였고, 그제서야 장보승은 씨익 웃으며 호주머니에서 두 페이지의 원고를 꺼냈다.

얼마 후 결혼하여 북경에서 거주한 장보승은 계속해서 자신의 초능력을 이용하여 많은 문제들을 해결했다고 전해진다.

▐ CIA도 경악한 '유체 실험'

"캡틴, 제가 아그 모자비입니다."

"잘 부탁하네. 자네의 대해서는 토마스로부터 많이 들었어. 부디 자네의 훌륭한 능력을 우리를 위해 발휘해 주게."

캡틴이라고 불리운 큰 키의 사나이는 미소를 지으며 아그와 굳은 악수를 나누었다.

그 곳은 영국 런던 시내에 있는 CIA(미국 중앙정보국) 유럽 총지부의 한 밀실이었다. 이 건물은 표면상으로 영국인이 경영하는 화랑으로 되어 있으며 그 곳이 미국 첩보 기관의 사무실이라는 사실을 아는 사람은 거의 없다.

창문 밖으로는 세인트 제임스 파크와 영국 국방성 건물 등이 보였다.

넓은 방 안에는 책상 두 개와 커다란 소파가 놓여 있었고 벽에는 두 장의 유럽 전도의 지도가 걸려 있을 뿐 아무런 장식도 없는 살풍경한 모습이었다. 책상 위에는 각기 다른 전화기들이 놓여져 있었다.

그 전화는 이제부터 시작되는 실험에 대비하여 어느 장소와 직통으로 이어져 있었다.

"아그는 알제리아 출신이라던데."

캡틴이 방 안의 긴장된 공기를 완화시키려는 듯이 입을 열었다.

"네, 알제리아에서 태어났지만 영국에 온 지 벌써 27년이나 되었으니 이제는 영국인이 다 되었습니다."

아그가 웃으며 대답했다. 그의 웃음소리는 방 안에 있는 캡틴과 토마스 웨브리, 그리고 또 한 사람의 공작원을 웃음 속으로 몰고 갔으며 팽팽해지던 공기를 부드럽게 만들었다.

"그런데 아그, 토마스로부터 여러 가지 이야기를 듣기는 했는데 자네의 초능력, 즉 텔레포테이션이란 어떤 원리로 이루어지는 것인가?"

"저는 학자가 아니므로 원리같은 어려운 것은 모르겠습니다. 다만 그것은 사이코키네시스라는 힘의 작용이라고 말할 수 있습니다. 보면 알게 되실 겁니다만 제 육체는 여기 있더라도 또 하나의 제 분신 같은 것이 시간과 공간을 초월하여 어디에든 가는 겁니다."

"아무래도 잘 모르겠는 걸……."

"캡틴, 어쨌든 실험을 해 보는 것이 이해하기 쉽습니다. 시작할까요?"

토마스는 아그를 재촉하듯이 말했다.

"그럴까? 금방 할 수 있는 건가?"

"언제든지 좋습니다."

아그는 피우던 담배를 껐다.

"토마스, 실험 계획을 설명하게."

캡틴은 소파에서 일어나 책상이 있는 쪽으로 자리를 옮겼다. 다른 공작원 하나가 들고 있던 가방에서 소형 비디오 카메라를 꺼내어 세트했다.

"실험 상황은 CIA 본부로 보내게 되지."

캡틴이 아그에게 양해를 구하듯이 말했다. 아그는 제스츄어로 동감의 뜻을 나타냈다.

"실험 계획을 설명하겠습니다. 실험은 두 가지로 실시됩니다. 하나는 벨기에 브뤼셀로의 텔레포테이션 실험입니다. 브뤼셀 시내에 있는 누브 거리의 메트로폴 호텔 로비에 오늘 날짜 신문을 들고 넥타이를 매지 않은 세 사람의 미국인이 있습니다. 그들은 소파에 앉아 있으며 각기 다른 색깔의 가죽 가방들이 발 옆에 놓여져 있습니다.

그 가죽 가방의 색깔이 어떤 색깔인가, 그리고 세 사람의 저마다의 특징을 보고 오는 것입니다. 이것이 첫 번째 실험입니다.

나머지 또 한 가지 실험에 대해서는 첫 번째 실험이 끝나고 나서 설명할 것입니다."

토마스는 설명이 끝나자 아그에게 실험 개시 신호를 보냈다. 비디오 카메라가 작은 소리를 내며 돌기 시작했다.

아그가 자리에서 일어났다. 그리고는 벽에 걸려 있는 지도로 다가가 벨기에의 수도 브뤼셀 위에 오른손을 얹으며 가볍게 눈을 감았다. 그리고 몇 분 뒤 다시금 소파에 앉으며 벽에 걸린 지도를 응시했다.

"그럼 가겠습니다."

아그는 완전히 눈을 감고 왼손으로 가볍게 턱을 누르며 오른손으로 공간의 그 무엇을 더듬는 것처럼 움직였다.

"여기군…… 메트로폴 호텔, 훌륭한 건물이야……."

아그는 중얼거리듯이 말했다. 마치 눈 앞에 있는 것을 보며 말하는 것같았다.

"로비로 들어갑니다. 신문을 든 미국인이라……."

아그는 주위를 돌아보며 찾는 듯이 중얼거렸다.

"저기 있군. 그들일 거야. 가죽 가방도 있다……."

아그가 중얼거리는 소리에 캡틴도 카메라를 움직이는 공작원도 긴장했다.

캡틴은 가만히 아그의 얼굴을 들여다 보듯이 몸을 앞으로 기울였다. 아그는 눈만 감았을 뿐, 그의 자세는 처음과 조금도 달라지지 않고 있었다. 마치 돌로 된 조각상과 같았다.

"선글라스를 끼고 담배를 물고 있는 사나이의 가죽 가방은 푸른 빛이다. 메트로폴 호텔의 스티커가 붙어 있다.

수염을 기른 사나이의 것은 듀랄루민으로 만들어진 가방이다. 손잡이에 붉은 손수건이 놓여져 있다.

검은 양복을 입은 사나이의 것은 검은 색 가방이다. 지금 막 가방을 무릎 위에 올려 놓고는 안에서 안경을 꺼내어 썼다. 이제 돌아간다."

아그는 눈을 뜨더니 팔을 벌려 기지개를 켜면서 일어섰다.

모든 보고는 현실과 완전히 일치되었다. 캡틴은 도저히 믿을 수 없다는 눈빛으로 아그를 바라보고 있었다.

"캡틴, 확인해 주십시오."

하고 내뱉는 토마스의 말을 듣고서야 그는 꿈에서 깨어난 듯이 책상 위의 수화기를 들었다.

"그래, 나야, 벌써 끝났다. 확인해 주게. 한 사람은 선글라스를 끼고 담배를 피우고 있고 가방은 푸른 색, 호텔의 스티커가 붙어 있다. 틀림없나? 좋아, 수염을 기른 사나이는 듀랄루민 가방, 붉은 빛의 손수건이 손잡이 위에……. 검은 양복을 입은 사나이의 가방은 검은 색, 가방을 열고 안경을 꺼내 썼다. 역시 그렇단 말이지? 좋아, 틀린 점은 없는가? 그래, 증거가 될 호텔의 사진은 제대로 찍었겠지? 알았네, 수고했네."

캡틴은 한숨을 내쉬며 수화기를 놓더니 손수건으로 이마에 배어난 땀을 훔쳤다.

"아우, 매우 정확하네."

캡틴의 목소리는 얼마간 들떠 있었다.

"현장 사진을 찍은 사람은 키가 작고 턱에 상처가 있는 그리고 빨간 셔츠와 체크 무늬 양복을 입은 사나이였을 겁니다."

아그가 태연하게 말했다.

"뭐라고?"

캡틴과 토마스는 한꺼번에 소리를 질렀다. 캡틴이 이내 수화기를 들었다.

"자네 지금 어떤 셔츠와 양복을 입고 있지? 뭐라고 빨간 셔츠와 체크 무늬…… !"

캡틴은 할 말을 잃었다. 그는 담배를 피워 물며 깊이 들이마셨다.

"그 실험에 소요된 시간은 어느 정도인가?"

캡틴은 카메라를 돌리고 있던 사나이에게 물었다. 사나이는 이내 비디오를 되감으며 시간을 계산했다.

"2분 43초에서 약간 모자랍니다."

"2분 43초…… 그래…… "

캡틴은 두 손으로 머리를 감싸 쥐었다.

"커피라도 탈까요?"

토마스가 캡틴과 아그에게 물었다.

"굉장해! 어떻게 이런 일이 가능할 수 있단 말인가? 아그의 육체는 분명히 내 눈 앞에 있었다. 그런데 어떻게?"

"텔레포테이션, 즉 초능력입니다. 고대 그리스의 철학자 푸르타코스도 이와 유사한 체험을 했다고 합니다. 또한 중세 크리스트교의 많은 성인들도 같은 경험을 했다고 합니다. 예컨대 파도바의 안토니우스라든가 알폰스 리고리 등입니다. 또한 과학자이고 신비가이기도 했던 에마누엘 스웨덴보르고의 체험담은 너무나 유명하지 않습니까?"

아그는 그것이 매우 당연한 일이라는 듯이 말했다.

두 시간 뒤, 두 번째 실험이 개시되었다.

"두 번째 실험은 첫 번째 실험보다 거리도 멀고 힘이 듭니다. 장소 등에 대해서도 첫 번째 실험처럼 상세히 설명하지는 않게 됩니다. 그리고 그 현장에 무엇이든 증거가 될 만한 것을 남겨 두어야 합니다."

토마스의 설명에 아그는 고개를 끄덕였다.

"자네가 하는 일이니까 틀림없이 성공할 거야."

캡틴은 첫 번째 실험 때와는 달리 아그를 신임하는 것 같았다. 아까처럼 긴장하지도 않았고 반신반의하는 것 같은 표정도 사라지고 없었다. 오히려 성공을 기대하는 것 같았다.

"장소에 대한 힌트는 하나 뿐입니다. 키프로스 섬 남서쪽에 철도 레일이 부설되어 있고, 그 근처에 까만색 담장에 둘러싸인 연구소가 있습니다. 그 안에 들어가 건물 전체로 통하는 메인 박스의 전원을 절단하고 비상벨을 울려야 합니다. 경비는 매우 엄하며 무기를 휴대한 경비병이 여기저기에 있습니다. 그들 중의 몇 명은 광선 탐지기를 소지하고 있기 때문에 위험천만입니다.

그 같은 상대의 경비를 뚫고 안으로 들어가 전원을

분신은 순식간에 2,000km를 이동했다. ▲

유체(유체) 실험은 런던 시내에서 비밀리에 실시되었다. ▲

끊고 비상벨을 울린 다음 어떤 증거를 남기고 와야 합니다. 이해가
되었습니까?"

　토마스는 아그의 얼굴을 들여다보며 다짐하듯이 물었다.

　"알았습니다. 원하시는 대로 하지요."

　아그의 대답은 자신에 넘쳐 있었다.

　"그럼 다녀 오겠습니다."

　아그는 가벼운 외출이라도 하는 것처럼 가벼운 투로 말했다. 그리
고 오른손은 완전히 내려졌다.

　"하나, 둘, 셋, 넷, 다섯……."

　캡틴이 작은 목소리로 수를 세었다.

　"여기는 공장 지대도 아니고……, 대학의 연구소인가?"

　아그의 혼잣말이 방 안의 정적을 깨뜨렸다. 그리고 얼마간 침묵이

흘렀다.

"저기에 있군, 바로 저거야. 검은색 담장에 둘러싸인 건물은 여기밖에 없어. 경비가 굉장하군. 하지만 아무리 경비를 해도 나한테는 소용이 없지. 토마스 씨, 캡틴, 무엇이든 물어볼 게 있으면 부담 갖지 말고 말씀하십시오."

예기치 않은 아그의 말에 토마스도 캡틴도 깜짝 놀랐다.

"정말 말을 걸어도 되는 건가?"

"상관없습니다. 얼마든지 가능합니다."

아그는 담담한 목소리로 말했다.

"그렇다면 지금 자네 앞에 있는 경비병의 명찰을 읽어 보겠는가?"

"문제 없습니다. 그러니까 M. 하슨, 번호는 F099784. 그런데 생김새는 키프로스 사람이 아니군요."

"조금 더 안으로 들어가 거기에 있는 간판을 읽어 주게. 혹시 복도에서 엇갈리는 사람이 있으면 그가 남자인지 여자인지, 어떤 옷을 입었는지 말해 주게."

"방의 번호는 ? 몇 사람이 있는가? 남자는? 여자는?"

캡틴과 토마스는 차례로 질문을 퍼부어 댔다. 거기에 대한 아그의 대답은 물론 다 분명했다.

"어쨌든 무시무시한 연구소로군. 옳지! 여기 있군. 이게 전원 스위치인가. 비상벨은 어디 있지? 저것이로군. 자 이제, 스위치를 끊겠습니다."

"잠깐 증거를 남겼는가?"

토마스가 물었다.

"아참, 잊을 뻔 했군. 증거가 필요하다고 하셨지요……. 마침 여기 페인트 통이 있군. 벽에 어린이의 얼굴을 그려 두겠습니다. 이걸 보면 아마 모두들 깜짝 놀랄 겁니다. 다 그렸습니다. 그럼 스위치를 끄겠습니다. 저런, 모두들 당황하고 있군. 그럼 벨을 울리지요. 모두들 당황하고 있는 이 모습을 보여 드릴 수 있다면……."

아그의 말이 끝나는 것과 동시에 오른손이 똑바로 머리 위로 올려졌다.

"이제 끝났군."

아그는 담배에 불을 붙여 깊게 빨아들였다.

"캡틴, 확인해 보십시오."

아그의 그 초능력에 그 때까지도 어이없어하고 있는 캡틴에게 토마스가 말했다. 캡틴은 직통 전화의 수화기를 들었다.

"날쎄, M. 하슨, F099784라는 번호를 가진 경비병이 있는가? 뭐라고 있다고? 키프로스 사람인가? 아니라고? 전원이 끊겼나? 그렇군, 그래, 비상벨이 울렸다고? 그럼 뭔가 그려진 것은 없나? 뭐라고? 검은 페인트로 어린이 얼굴이……."

캡틴은 아그가 보고한 열 항목들을 모두 확인했다. 무엇 하나 틀리지 않았다. 100%의 성공이었다.

"무서운 일이야……."

캡틴은 아그의 텔레포테이션이라는 초능력을 낱낱이 보게 되자 온몸에 소름이 돋는 것 같았다.

"고작 2분 36초에 2000킬로미터나 떨어진 키프로스 섬에 가서 증거를 남기고 온다……. 믿을 수 없어. 어쨌든 이것을 우리들의 활동에 사용할 수 있다면……. 보통 일이 아니야……."

캡틴은 고개를 갸웃거리며 계속해서 중얼거렸다. 이윽고 그는,

"토마스, 즉시 본부에 보고하게. 비디오 테이프와 키프로스 연구소의 증거 사진도 즉시 보내도록 해!"

하고 들뜬 목소리로 명령했다.

 1984년 5월 일, 실제로 있었던 일이다. 이 리포트는 1984년 6월 말 이탈리아에서 개최된 국제 회의에서 영국, 미국의 연구가들로부터 입수한 극비자료이다. 그리고 미국측의 연구가는 아그 모자비의 그 CIA 실험 때의 입회이기도 했다.

5.
이런 곳을 아시나요?

공포 식당

　미국 보스턴의 한 거리 모퉁이에는 깊이 6미터 되는 지하실에 '공포 식당'이라는 음식점이 있다. 이 음식점은 이름 그대로 무시무시하여 공포를 즐기는 사람들을 즐겁게 해 준다.

　이 식당에 들어가려면 먼저 어둡고 좁은 복도를 지나야 한다. 그런데 이 복도에는 전등 대신 도깨비불이 가물거리고 있으며, 이름을 알 수 없는 동물들의 괴상한 울음소리가 들린다. 복도 끝에 있는 출입문을 열고 안으로 들어가면, 여인의 찢어지는 듯한 비명 소리와 함께 발에 무언가가 걸리는 것을 느낄 수 있다. 머리를 숙여 살펴보면 피투성이가 된 채 쓰러져 있는 여인의 시체가 놓여 있다.

　이 때 마귀처럼 분장한 종업원이 다가와 징그럽게 웃으며 손님을 테이블로 안내한 후 메뉴판을 내민다. 사람들은 대부분 메뉴판을 보고 다시 한 번 놀라는데, '사람 심장 튀김' '사람 간 구이' '삶은 넓적다리 고기' 같은 것들 뿐이다. 이것들은 무론 소고기나 돼지고기를 원료로 만든 것이지만 이런 메뉴를 보고 놀라지 않을 사람은 없다. 이 집에서 가장 비싼 음식은 '사람고기 구이'로 이 음식을 주문하면 종업원이 관을 밀고 나와 뚜껑을 연다. 관 안에는 사람 시체가 있는데 종업원이 이 시체에서 살을 베어 테이블 위에 놓인 접시에 올려 놓는다.

공포 식당에는 아이들이 들어갈 수 없는데, 보통 사람들도 대부분 너무 끔찍해 발을 들여 놓지 못한다.

■ 최고의 집, 최고의 전기세

어둠이 내려앉은 저녁 무렵만 되면 구경꾼들로 북적대는 신기한 모양새의 가정집이 하나 있다. 미국 플로리다 주에 위치한 테드(62)와 킴(45) 크레스지 부부의 집이 바로 그 곳이다.

집 주위를 가득 메운 전구에 일제히 불이 들어오면 집 앞에서 기다리고 있던 구경꾼들의 입에서는 탄성이 절로 나오게 된다. 집과 정원에 사용된 전구의 수는 무력 트럭 5대 분인 11만 개. 각각의 전구는 모두 크레스지 부부가 일일이 색칠하고 꾸민 귀중한 보물이다.

하지만 이 집의 구경거리는 비단 화려한 전구의 불빛에만 있지는 않다. 정원 구석구석과 창문에 서 있는 가지각색의 인형들 또한 재미있는 볼거리이기는 마찬가지이다.

한데, 그 비싼 전기세를 어떻게 감당하는지 궁금하다고? 이에 대해 크레스지 부부는 "전기세요? 그런 건 걱정할 필요 없지요"라며 여유 있는 미소를 지어 보인다. 이유는 바로 매일 밤 찾아오는 수백 명의 관광객들이 조금씩 전기세를 후원해 주고 있는 덕분이다. 이 집의 전기세는 매달 평균 1천 1백달러(약 1백 30만원) 정도라고 한다.

■ 말똥구리로 만든 궁전

금빛으로 가득한 브뤼셀 궁전의 '거울의 방'이 어느 날부터인가 서서히 초록빛을 띄기 시작했다. 천장과 샹들리에 하나를 자세히 들여다보니 곤충의 등딱지가 덕지덕지 붙어 있는 것이 아닌가. 이 초록빛의 정체는 다름 아닌 말똥구리.

파올라 여왕의 지시 하에 예술가인 얀 파르베가 지난 3개월 반 동안 29명의 대학생들과 함께 일일이 접착제로 붙인 끝에 완성한 것이다. 궁전을 장식하는 데 사용된 말똥구리의 등딱지는 모두 1백60만 개. 지난 20세기 초 레오폴드 2세가 금박을 씌우지 못한 채 미완성으로 남긴 홀의 일부를 근래 들어 파올라 여왕이 이처럼 색다른 시도로 마무리한 것이다. 특히 영롱한 초록빛이 마음에 들어 파르베의 엉

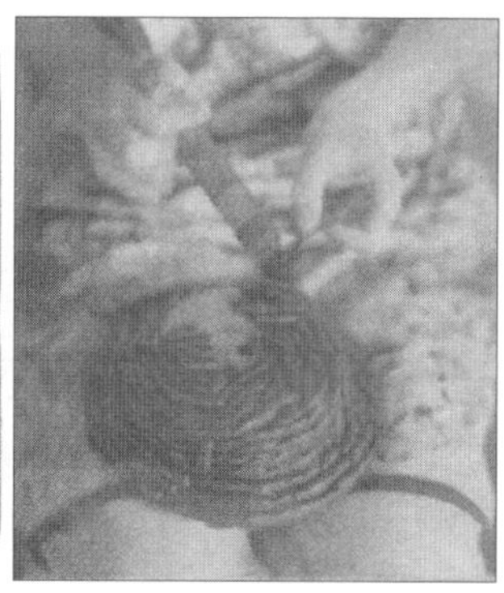

뜻한 제안을 흔쾌히 받아들이게 되었다고 한다.

  이 '등딱지 장식'은 세월이 흘러도 퇴색하거나 변질될 염려가 없기 때문에 별도의 관리가 필요 없다는 점도 큰 장점으로 여겨지고 있다.

█ 우는 아기와 함께 영화 보는 엄마

뉴욕의 번화한 거리에 아기를 데리고 나온 엄마들이 어딘가로 발걸음을 재촉한다.

엄마들이 단체로 들어간 건물 안은 '로즈 시네컴플렉스 엔터테인먼트'라고 이름붙은 영화관. 이 곳에 들어가려면 아기는 필수! 아기가 없으면 입장이 안 되는 엄마와 아기를 위한 전용영화관이기 때문이다.

입구부터 유모차가 빼곡하게 늘어져 있고 로비와 복도에서는 여기저기 기저귀를 갈기 위해 바닥에 누워 있는 아기들로 가득하다.

언제나 어두운 영화관에서 우유를 먹이고, 젖을 물리며 좌석 통로에서 남의 눈치를 봐가며 기저귀를 갈던 고생 많은 엄마들에게 이 곳은 가히 천국이라 해도 과언이 아니다. 상영 중에도 1백 50명에 가까운 아기들의 건강한 울음소리가 넘쳐 나서 장관을 이룬다고 한다. 거기다 영화를 보고 감동받은 엄마까지 가세해 눈물을 흘린다면 더더욱 장관이 아닐 수 없을 터.

이 곳을 찾는 엄마들은 피차 사정이 마찬가지이니 떳떳하게 영화를 보면서 우는 아기를 돌볼 수 있어 인기다.

이 영화관의 지배인은 존 마크레이 씨. 최근에 아기 엄마가 된 자신의 부인이 평소 좋아하던 영화를 보러 갈 수 없어 슬퍼하고 있던

것을 발견하고, 이를 딱하게(!) 여겨 엄마와 아기가 함께 떳떳하게
볼 수 있는 영화관을 만들게 됐다고 한다.

1인당 1재주의 서커스 마을

"우리 마을사람들은 모두가 서커스 단원입니다."

중국 북부 허베이성의 우치아오 마을 주민들은 1999년 이전부터 뱀 스푼 바구니 접시 공같은 도구를 이용한 곡예를 익혀 평상시 여가생활로 즐기고 있다고 근착 미국 주간지 『이그재미너』가 소개했다.

이 마을 주민은 모두 1만여 명인데 대부분 한 가지 이상의 묘기를 갖고 있다. 그 가운데 2천여 명은 직업 시커스단원 못지 않은 수준급 곡예기술을 자랑한다.

전문전인 훈련을 쌓은 서커스 단원도 아닌 평범한 주민들이, 그것도 이렇게 많은 사람들이 모두 곡예를 한다는 것은 무척 이색적인 일이다.

이 마을 남자들은 텀블링이나 밧줄을 이용한 활동적인 곡예를 즐기는데 반해 여성들은 스푼이나 접시를 이용한 묘기를 자랑한다.

우차아오에서는 어디서나 주민들이 곡예를 펼치는 장면을 쉽게 볼 수 있는데 우연히 이 마을을 찾은 이방인은 거리에서 벌어지는 묘기 대행진에 그저 놀라워할 뿐이라고 한다.

우치아오 주민들의 곡예는 전통적인 풍습에서 비롯됐다.

어릴 때부터 어른들이 펼치는 묘기를 자연스레 보게된 어린이들이 평소 놀이를 통해 기술을 익히고 있다. 묘기가 대를 이어 세습되는(?) 셈이다.

▼ 코로 바구니를 세우고 물구 나무서기를 하는 어린이들.

▲ 취아이훙 씨는 밸런스 묘기가 특기. 입에 문 스푼을 이용해 접시를 돌리고 있다.

▲ 뱀 묘기 전문가 가오 송하이씨가 코로 뱀을 넣어 입으로 나오게 하고 있다.

　또 주민 모두가 다른 마을과는 달리 물건만들기를 잘하거나 글씨를 잘쓰는 등 유난히 손재주가 뛰어나가는 것이다.
　판현 이 잡지는 중국 정부가 우치아오 마을을 관광특구로 지정하는 문제를 고려하고 있다고 덧붙였다.

■ 1천원짜리 구속 체험, 예술 혹은 상술

벨기에 브뤼게의 거리 한복판에 최근 이상한 물체 하나가 등장했다. 사방이 온통 창살로 이루어져 있는 전화박스 크기 만한 이 물체의 정체는 바로 체험용 '감방'이다. 벨기에의 '개념 예술가'인 레오 코퍼스의 작품이다. 거리를 지나가는 행인이라면 누구나 자유롭게 이용할 수 있다. 자유를 저당 잡히는 데 드는 비용은 5분에 1유로(약 1천 1백원) 5분 동안 감방에 들어가 앉아 있노라면 마치 동물원의 원숭이라도 된 기분이 든다. 혼자 들어가 앉기에도 빠듯한 공간에서 할 수 있는 일이라곤 멀뚱멀뚱 지나가는 사람들을 쳐다보는 일 뿐이다 약속한 시간이 지나면 이내 자동으로 문이 다시 열린다. 만일 단 5분도 견디기 힘들어 뛰쳐나가고 시은 사람의 경우에는 비상 버튼을 눌러 문을 열 수 있다.

▌ 별난 박물관

‘물건 기증하실 분!’

호랑이는 죽어서 가죽을 남기고 남성은 죽어서 ‘물건’을 남긴다? 자신의 물건에 자신 있는 사람이라면 남근을 박물관에 기증할 수 있는 길이 열렸다. 아이슬란드에 있는 한 페니스 박물관에서 페니스를 기증할 남자들을 찾고 있다고 영국 로이터통신과 BA통신이 2002년 3월 20일 전했다.

레이캬비크에 있는 ‘아이슬란딕 남근 박물관(Icelandic Phallalogical Museum)’을 운영하는 지구르더르 흐자르타르슨은 “현재 박물관에는 동물에게서 채취한 143개의 남근이 전시돼 있는데 사람의 남근이 필요하다”며 “기증할 남성들을 찾는다”고 말했다.

사람 남근을 기증받아 전시하는 데 법적인 문제는 없다. 다만 기증하기로 한 사람들이 운명을 달리 해야만 그의 물건을 기증받을 수 있는데 아직까지 그런 사람이 나오지 않아 문제다. 고등학교 역사교사였던 그는 “세상에 존재하는 모든 남근에 대해 연구할 것”이라는 포부를 내세우고 1997년 박물관을 건립했다.

박물관에는 현재 2미리미터밖에 되지 않는 햄스터의 남근, 2미터에 달하는 고래의 남근은 물론 수많은 포유동물의 남근이 전시돼 있다. 남근을 기증하고 싶은 남성은 박물관 홈페이지(http://-www.ismennt.is/not/phallus/ens.htm)에 들어가 '이메일'을 보내 상담하면 된다.

박물관 주인은 "성기의 연구를 위해 누군가 언젠가는 시작해야 할 일을 내가 먼저 한 것일 뿐"이라며 자랑스러워했다. 또 "나는 진지한 수집가"라며 주위의 장난스러운 시선을 일축했다.

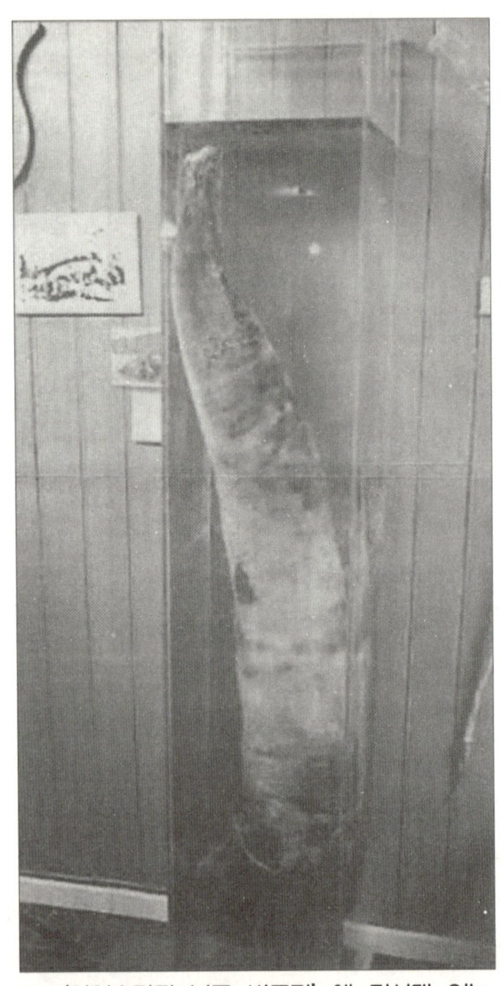

▲ '아이슬란딕 남근 박물관' 에 전시돼 있는 고래 남근.

▌ 개 전용 헬스클럽 등장

"혹시 당신의 애완견이 비만하거나 운동부족이라 느껴진다면 즉각 저희 클럽을 찾아주세요. 확실하게 빼드리겠습니다!"

세계 최초로 개 전용 헬스클럽이 등장, 눈길을 끌고 있다.

근착 미국의 주간 『내셔널 인콰이어러』지에 따르면 최근 미국 로스앤젤레스에는 애완견 종합스포츠센터(The Total Dog gym)라는 것이 생겨 성업중이라고 한다.

지나치게 살이 찌거나 운동 부족에 시달리는 개들만을 대상으로 운용하고 있는 이 곳은 특히 일반 헬스클럽 못지 않은 시설을 자랑하고 있다.

전체적으로 늘씬한 체형을 잡기 위해 마련된 전용 수영장을 비롯, 독특하게 고안된 러닝머신과 에어로빅장에 이어 혹독한 장애물 토오가 훈련장에 이르기까지 개들을 운동시키기 위한 별별 기구와 장치들이 다 마련돼 있다.

개 주인들은 직접 이 곳에서 자신의 개에 알맞은 운동을 시키거나 아니면 개인 트레이너에게 위임, 일정표에 따라 개들의 운동을 맡길 수 있다.

특히 이 곳에는 개들의 관절에 대해 도통한 전문 물리치료사까지 있어 원하는 경우 자신의 개에 마사지까지 별도로 받게 할 수도 있다.

대상은 달라도 명색이 헬스클럽이니만큼 이 곳의 운영방식도 기존의 인간전용과 마찬가지로 회원제다.

1년짜리 회원제 운영 방식으로 이 곳에 자신의 애완견을 등록시키고자 하는 사람은 1년치 회비인 800달러(약 69만원)을 일시불로 지불해야 된다.

회원이 된 이후에는 전 세계 어느 곳에도 없는 최신시설의 개 전용 헬스클럽장에서 자신의 애완견을 마음껏 돌볼 수 있게 되는 것이다.

이 곳의 소장인 애니 왈드 씨는 "이제는 공원이나 거리에서 마음 놓고 개들을 산책시키거나 운동시킬 수 없다"면서 "언제 어떤 일이 일어날지 모르는 도시환경 속에서도 우리 스포츠 센터를 이용하면 더없이 안전하게 개들을 볼 수 있을 것"이라고 애완견 스포츠센터의 필요성을 역설했다.

애완견을 운동시킨답시고 개전용 헬스클럽까지 만드는 미국 사람들, 그들의 유별난 동물 사랑이 왠지 배부른 부자들의 모습으로만 보이는 것은 지나친 생각일까.

▌도쿄의 세계적 '전위빌딩' 빈집 신세로 전락

일본 도쿄 데도가와구(區)에 있는 핑크색의 기묘한 건물 한채. 마치 지진 때문에 무너진 것 같은 모습을 하고 있는 이 건물은 미국의 전위건축가 피터 아이젠맨의 작품. 그는 베니스 비엔날레에서 최우수상을 수상하기도 한 세계적인 건축가다.

근착 일본의 시사주간지 포커스에 따르면 그의 대표작 중의 하나인 이 빌딩이 지금은 '빈집'이다.

이 건물이 지어진 것은 3년 전. 건평 약 160평으로 지상 6층에 지하 2층 규모다. 상가의 기획 설계 시공 등을 맡고 있는 인테리어 회사의 본사건물로 3년 전 이 건물이 완공됐을 때는 이 회사 디자이너들이 주로 사용했다.

하지만 지금은 상황이 달라졌다. 지난 95년 8월 말 사원들은 모두 신사옥으로 옮겨갔다.

회사측은 "각 지점의 통합 때문이었다. 더욱이 그 빌딩은 사원들의 출퇴근도 불편했다"고 설명하고 있지만 그것은 표면상의 이유. 진짜 이유는 95년 초에 발생한 고베 대지진 때문이다.

근처의 사람들이 그 건물을 보고 "마치 지진을 만난 것 같다"는 불평을 자주 해서다.

그 건물은 사실 고베 대지진으로 피해를 입은 건물을 연상시키고 있다. 따라서 상가의 설계와 시공을 맡고 있는 인테리어 회사로서 회사의 이미지가 나빠진 것은 어쩌면 당연한 일이다.

이 회사는 일부러 세계적인 건축가를 초빙해 전위예술적인 디자인으로 회사의 참신성을 부각시키려고 했지만 거꾸로 이미지가 손상되고 만 것이다.

건물 내부는 각 층의 바닥만 지면과 수평으로 돼 있다. 창문은 기울어져 있으며 일부 벽도 경사져 있어 마치 지진으로 피해를 입은 건물은 연상시킨다.

포스트모더니즘을 표방하고 있는 이 건물에 들어가면 머리가 어질어질해져 익숙해질 때까지 2~3일은 걸린다는 것이 실제로 이 빌딩에서 근무했던 사람들의 증언이다.

지난 50년대에 설립되어 업계에서 탄탄한 기반을 구축한 이 회사의 연간매출액은 1백50억~2백억엔(1천2백 억~1천6백억원)규모. 회사는 아직 임대로 내놓을 지 매각처분해 버릴 지 빌딩의 처리 방법에 대해 결정하지 못하고 있다고.

■ 신비의 피라미드에서 하룻밤 지내 보세요

세계에서 가장 큰 피라미드에서 명상을 하며, 또 파라오(고대 이집트의 왕)의 영혼과 교감을 하면서 하룻밤을 보내는 건 어떨까?

근착 미국의 『이그재미너』지는 피라미드에서 하룻밤을 보내는 일이 결코 불가능하지 않다고 소개, 관심을 끈다.

이집트의 예비역 군인으로 현재 미국 로스앤젤레스에서 여행사를 운영중인 아바스 나딤씨는 "피라미드 안에 걸어 들어가면 강력한 힘이 몸 안에 들어와 뼛속까지 스미는 것을 느낄 수 있다"며 피라미드의 밤은 특별한 것이라고 관광객들을 유혹한다. "조용한 시간을 갖고 싶거나 명상에 잠길 시간이 필요한 이들은 이 투어를 해볼 만 하다"고 강조한다. 영육의 무게가 가벼워짐을 느낄 수 있을 것이라는 것이다.

이집트에 있는 체옵스 대피라미드는 영적인 힘이 충만되어 있는 곳으로 널리 알려져 있다. 이제 15명 단위로 450달러(약 58만원)만 내면 이 곳에서 하룻밤을 묵을 수 있게 됐다. 그러니까 15명을 꽉 채워 그룹을 짠다면 단돈 30달러(약 3만9천원)에 세계 7대 불가사의의 하나인 피라미드에서 구전되어 오는 신비감을 만끽할 수 있는 것이다.

4천5백 년 전 유적지가 산재해 있는 이집트는 세계에서 가장 후덥

지근한 관광지임에도 불구하고 아직까지 관광객들이 꾸역꾸역 몰려들고 있다. 그래서 벽돌모양으로 자른 돌 2백30만 개로 되어 있는 15톤 무게의 피라미드를 구경하느라 하루에도 수천 명이 입장료 3달러 25센트(4천원)을 아까워하지 않는다.

그러나 밤이 되면 사정이 달라진다. 적어도 지금까지는,

기자 피라미드군의 관리책임자 자히 하와스씨는 "우리는 입장수입을 더욱 늘리기 위해 야간 피라미드 관광코스를 마련했다. 물론 이 때는 아주 노련한 가이드가 안내를 맡게 돼 길을 잃을 염려가 없다"고 말한다.

신비주의 신봉자는 피라미드가 우주에 있는 전자기의 힘을 포획, 증폭시킨 다음 방출하는 힘을 가지고 있다고 믿어 왔다. 어떤 일을 간절히 갈구하는 기도자들은 그 안에 들어가 있으면 신의 응답을 들을 수 있다고 주장해 왔고 어떤 이들은 들어가기만 해도 영혼이 평온해짐을 느낄 수 있었다고 했다.

"피라미드와 스핑크스야말로 세계 최고(最古)의 정신과 의사"라는 하와스씨는 "사람이 벅적거리는 낮보다는 적막하기까지 한 피라미드에서의 하룻밤은 소기의 목적을 몇 배 달성할 수 있을 것"이라고 말한다. 어둠이 찾아든 피라미드야말로 지구상에서 가장 조용한 장소이며 명상을 하기에 최적이라는 것이다.

▌ 1년 내내 크리스마스 축제

크리스마스의, 크리스마스를 위한 마을이 있다.

미국 버지니아 주의 산타클로스로 불리는 인디애나 타운에선 1년 내내 캐럴 송이 울려 퍼지며 크리스마스가 임박해지면 1천5백여 주민들은 열광적인 성탄절 무드를 뿜어낸다. 이런 열광이 한 두 해가 아닌 144년동안 계속돼 왔다고 근착 미국의 주간『내셔널 인콰이어러』지가 전했다.

산타클로스 할아버지의 손자들로 자임해 온 이 곳의 주민들은 동네 입구에 거대한 산타클로스상을 모셔 놓았으며 도엔 전체가 365일 크리스마스분위기를 자아내는 불야성을 이룬다.

또 거리와 도로 이름은 발타자르, 멜키오르 등 성서에 나오는 성인들의 이름들로 가득하다.

관광객만도 1년에 50여만 명.

1년 내내 크리스마스날이지만 특히 12월 25일이 다가오면 마을주민들은 휘황찬란한 등을 달고 산타클로스 페스티벌을 준비하느라 모두들 바빠진다.

소방서엔 3대의 「루돌프」소방차들이 항상 대기상태.

이 와중에 가장 바쁜 곳은 바로 우체국이다.

평소 하루 3천 통 정도에 불과하던 우편물이 이 때가 되면 무려

17배나 불어나 5만여 통의 편지가 전 세계에서 쇄도한다. 이 중 대부분은 어린이들이 쓴 편지인데 크레용 등으로「산타에게」「북극에게」등이라고 쓴 주소불명이 많다.

게다가 수많은 편지들 속엔 대체로 쿠키가 들어 있기도.

이 산타클로스 유래는 1852년까지 거슬러 올라간다. 그 해 마을에 우체국이 새로 생기면서부터.

주민들은 우체국 명칭 때문에 1년 동안 갑론을박하며 세월을 보냈다.

그러다가 크리스마스이브 때 교회에 다시 모인 주민들은 여전히 명칭 문제로 다퉜는데 교회문이 바람에 갑자기 열리게 되자 어린이들은 일제히 "산타클로스가 왔다"고 외친 것.

우체국 이름은 이렇게 탄생했으며 결국 마을 전체의 별명이 됐다.

산타클로스 마을의 유일한 호텔 사장인 보스 필립스는 "이 곳이 조만간 미국에서 가장 유명한 관광도시가 될 것"이라며 "디즈니랜드에 미키마우스가 있다면 여기엔 산타클로스가 있기 때문"이라고 말했다.

▌무덤지기의 실수로 유명해진 공동묘지

'때론 잘못 된 실수가 역사를 만든다?'

미국 루이지애나 주 레이니 지방의 성 요셉교회 공동묘지는 한 사람의 실수 때문에 전국적으로 유명해진 묘지.

근착 미국의 주간 선지에 따르면 동서쪽으로 향해 있는 다른 지방의 여느 공동묘지 봉분들과는 달리 이 곳의 봉분방향이 특이하게도 북서쪽으로 자리잡고 있어 세인들의 관심과 흥미를 끌고 있다고 전했다.

현재 이 지역 민간에서 내려오는 뒤바뀐 방향에 대한 이야기는 이렇다.

오래 전 여기에 정착한 케인전(캐나다 아카디아지역 출신의 프랑스인 자손들로 루이지애나 주에 뿌리내린 주민)들은 평생 동안 진짜 자신들의 고향인 캐나다 땅을 그리워했다. 그래서 죽을 때조차도 후손들에게 '죽어서라도 내 고향 땅을 밟아 보겠노라'며 머리를 북쪽으로 해서 묻어 주기를 원했다는 것. 그리고 이것은 이후에도 계속 이곳의 전통으로 자리잡아 굳어지게 됐다는 사실이다.

그러나 이 같은 내용은 그럴싸하게 각색된 전설에 불과하고 봉분방향이 거꾸로 놓이게 된 진짜 이유는 바로 한 무덤지기의 어처구니없는 실수에서 비롯됐다.

맨 처음 요셉 교회에 무덤 파는 사람으로 고용됐던 묘지기가 착각을 일으켜 실수로 동서쪽이 아닌 북서쪽으로 몽땅 무덤을 만들어버린 것.

뒤늦게 마을 사람들에게도 이 실수담이 알려져 온통 난리법석을 떨었지만 당시 상황으로는 그 모든 것을 바로잡기엔 역부족.

몇십 개도 넘는 무덤을 다시 파서 옮기는 비용도 비용이려니와 또 하나하나 확실하게 자리잡은 봉분의 방향 바꾸기도 보통 일은 아니었던 것.

이에 바른 묏자리 방향을 포기한 이 마을 사람들은 아예 이 때부터 북서쪽을 요셉 공동묘지의 원칙적인 봉분 방향으로 정해, 또 다른 '무덤 역사'를 만들기 시작했다고.

▌ 나체로 근무하는 회사

실오라기 하나 걸치지 않은 남녀들이 가득한 곳은? 정답은 나녀 혼탕이 아니라 엉뚱하게도 컴퓨터회사의 사무실이다.

근착 미국의 『월드뉴스』지는 일본 도쿄에 세계 최초의 '누드 빌딩'이 생겨났다는 깜짝 소식을 주간 화제로 전했다.

누드 빌딩이라는 기상천외한 발상을 한 주인공은 일본의 컴퓨터재벌인 히로 주마카와 회장(43). 주마카와 회장은 목욕탕이 아닌 사무실에서 올 누드의 진풍경을 연출함으로써 일본 사회에 큰 충격을 던져 주고 있다.

뉴스지에 따르면 무려 70층짜리인 초고층 '주마카와 빌딩'에는 남자직원 1천1백21명과 여직원 806명이 161개 사무실에서 일하고 있으며 매일 10시간씩 근무하는 동안나뭇잎 한 장 걸치지 않은 채 완전나체족이 되어야 한다.

'주마카와 컴퓨터 소프트웨어 주식회사' 직원 1천9백27명이 느닷없이 에덴동산의 아담과 이브로 변신해야 했던 것은 '옷을 벗어야 발상이 장롭다'는 히로 주마카와 회장의 지론 때문이었다.

주마카와 회장은 "옷을 벗어 던지는 것은 속박과 규제에서 풀려남을 의미하며 그로 인해 직원들은 창조적인 발상을 할 수 있다"고 말한다.

　주마카와 직원들은 상오 8시에 출근, 로비에서 담당 여직원에게 옷을 몽땅 맡겨야 한다. 그런 다음에야 엘리베이터를 타고 각자의 사무실로 올라가 일을 할수 있다. 온종일 나체 상태로.

　"물론 처음에는 반발하는 직원도 적지 않았고 서로를 의식하느라고 업무에도 다소 지장이 있었지만 몇 주 지나자 차차 익숙해졌다. 더 이상 서로에게 눈길을 주느라고 일에 소홀하지 않게 됐다"며 주마카와 회장은 자신의 결정에 대해 흡족스러워 했다.

　세계 최초라는 타이틀이 붙기는 했지만 일본인들이 '누드 빌딩'을 바라보는 시선은 그리 곱지 않다는 것이 뉴스지의 전언. 그러나 이런 외부의 시각과는 별개로 주마카와 주식회사는 올누드를 단행한 이후 두 달 동안 매출액이 16퍼센트나 증가, 동업계의 부러움을 사고 있다고 한다.

■ '동화 속의 집' 쿤스트 하우스

헨젤과 그레텔이 20세기의 빈에서 길을 잃었다면 쿤스트 하우스 박물관으로 갈 것이다. 과자로 만든 집보다 훨씬 맛있게 생겼기 때문이다.

화가이자 건축가인 프리덴스리히 훈데르바서(69)의 건축물과 작품 전시관인 쿤스트 하우스 박물관은 '동화속의 집'으로 불릴 만큼 예쁘고 특이하다.

빈 시내의 운테레 바이스게버슈트라세 13번지에 자리잡은 이 집은 어린이가 삐뚤빼뚤 그린 것 같은 지붕의 선, 알록달록한 겉면, 창문을 뚫고 당당하게 뻗어 나온 나뭇가지 등 도무지 제대로 된 것이 없는 듯한 모습이면서도 동심 속을 뛰노는 듯한 자유로운 작가 정신이 그대로 담겨 있어 보는 이를 행복하게 만들어 주는 박물관으로 꼽힌다.

91년 4월 훈데르바서가 지은 이 박물관의 가장 큰 특징은 직선이 존재하지 않는다는 점이다.

벽이든, 천장이든, 바닥이든, 평범한 상식으로 당연히 직선이어야 할 이것들이 모두 구불구불하다.

그는 직선을 쓰지 않는 이유를 "가장 창조적이지 못한 유일한 것은 직선"이며 "직선에는 신이 존재하지 않기 때문"이라는 말로 설명했다.《그 곳에 가면 창조성이 솟아나는 곳》으로서의 박물관을 소망했던 훈데르바서의 철학이 그대로 담겨 있는 셈이다.

2층 전시실에는 원색의 꽃동산을 연상케 하는 그의 그림이 1백 여 점 전시돼 있다.

유치원에 갖다 놓아도 어색하지 않아 보이지만 1959년 이미 상파울루 비엔날레에서 산브라상을 수상한 권위 있는 작품들이다.

또 잿빛 콘크리트 덩어리에 불과했던 빈의 열발전소를 지난 89년 꿈의 궁전처럼 아름답게 꾸민 모형, 자신의 이름을 따서 지은 50가구의 아파트 훈데르바서하우스 모델도 함께 선보이고 있다.

이처럼 건축과 그림을 통해 동화를 현시로 만들어 온 훈데르바서는 프리드리히 스토바서라는 이름으로 1928년 빈에서 태어났다.

여덟 살 때 몬테소리 유치원에서 이미 "색채와 형태감각이 유별나다"는 평가를 받았던 그는 21세기에 이름과 성을《프리덴스리히(평화의 제국) 훈제르바스(1백 개의 물)》로 바꾸고《문명의 허세로부터 사람들을 해방시키기》를 평생의 목표로 삼고 살아왔다.

이 덕분에 빈의 쿤스트 하우스를 찾는 사람들은 누구라도 헨젤과 그레텔이 된 듯한 동심을 맛볼 수 있다.

▌ 누워서 먹는 식당, 어디야?

침대에서 아침식사를 하는 것은 이미 많은 호텔에서 제공하고 있는 서비스이다. 그 이외의 식사시간에는 특별한 경우가 아니라면 반드시 식당을 찾아야만 밥을 먹을 수 있다.

그런데 최근 미국 마이애미의 한 식당에는 아예 모든 식사를 식탁이 아닌 침대에서 먹을 수 있도록 해 화제가 되고 있다.

'R. E. D'라는 이름의 이 식당 안에는 테이블과 의자가 하나도 없다. 넓은 실내에 놓여져 있는 것은 크고 작은 침대 뿐. 가장 작은 것은 가로세로가 3미터인 것에서부터 큰 것은 20미터와 3.5미터인 것에 이르기까지 '식탁'의 크기도 다양하다.

신발을 벗고 침대에 올라간 손님들은 비스듬히 기대거나 아예 누워서 식사를 하기도 한다. 음식은 스프를 제외한 모든 요리가 준비되어 있으며 나이프를 사용하지 않아도 되도록 작게 잘라져 나온다.

마이애미에서 변호사로 일하고 있는 브라이언 엘리어스(38)는 '마치 내 집 침실에 있는 것 같은 안락함이 좋아 자꾸 찾게 된다'라고 말한다.

이 이색식당에 대한 소문이 퍼지면서 일반인이 저녁식사를 하기 위해서는 두 달 가량은 기다려야만 할 정도로 높은 인기를 얻고 있다고. 영화감독 올리버 스톤과 할리우드 스타 맷 데이먼 등도 'R. E.

D'를 자주 찾는 단골손님이다.

  손님이 원하면 편안히 누워서 발 마사지까지 받을 수 있는 이 곳의 유일한 금기사항은 식탁 위에서 잠을 자면 안 된다는 것 잠이 드는 손님은 즉각 식탁에서 추방된다고 한다.

기담과 괴담 스케치
남과 여

R. 오스본

142

6.
미스터리

▌ 사라진 귀부인

1889년 9월, 프랑스 파리에서 4년에 한 번씩 열리는 세계 만국 박람회가 개최되었다.

이제부터 이야기하려는 것은 이 파리 박람회와 밀접한 관계가 있는 사건의 내용이다.

파리에서 대박람회가 열렸을 때 인도에서 한 영국 부인과 그녀의 딸이 파리에 찾아왔다. 두 사람은 인도에서 마르세이유행 배를 타고 거기서 내리자마자 곧바로 기차를 타고 파리까지 온 것이었다.

부인은 마르세이유에서 파리의 호텔로 미리 전보를 쳐 두었기 때문에 파리 정거장에는 두 사람을 맞이하는 마차가 대기하고 있었으며 호텔까지 태워다 주었다. 그런데 파리의 호텔들은 만국 박람회 때문에 어디나 할 것 없이 만원이어서 3층과 4층에 독방이 하나씩 비어 있을 뿐 그 외에는 비어 있는 방이 없었다.

"이제 와서 불평해 봤자 하는 수가 없지. 독방이라도 고맙게 생각해야지."

우선 어머니가 숙박부에 서명했으며 딸이 그 밑에 이름을 기입했다. 어머니는 호화로운 가구로 장식된 342호실로 안내되었다. 딸도 그 뒤를 따라갔다.

오렌지 색깔의 장중한 느낌을 주는 빌로오드 커튼, 장미의 벽지,

웅대한 소파, 인도제인 마호가니 원형 테이블, 난로 위에 있는 황금색이 입혀진 탁상시계 등등 모두가 일류 호텔에 어울리는 가구와 장식품들로 갖추어져 있었다.

'이 정도라면 어머니도 편히 쉴 수 있겠지.'

딸은 그렇게 생각하였다. 그 순간, 갑자기 어머니가 답답해하며 고통스러워했다. 아마도 오랜 여행 때문일 것이라고 생각했지만 괴로워하는 것이 심상치 않아 딸은 어머니를 침대 위에 눕히고는 아래층으로 재빨리 내려와 프런트의 지배인에게 급히 의사를 불러 달라고 부탁했다.

딸은 프랑스어를 잘 몰랐으므로 지배인은 더듬더듬 영어로 말할 수밖에 없었는데 그래도 어떻게 하여 두 사람의 대화가 통해 의사가 와서 342호실 침대 위에 누워있는 어머니를 진찰했다. 그리고 나서 그 의사도 서투른 영어로 옆에 있던 딸에게 질문을 했다.

그 결과 두 사람이 인도에서 온 여행자라는 것을 알게 된 의사는 지배인과 둘이서 방구석으로 가더니 프랑스어로 이야기하기 시작했다.

프랑스어를 모르는 딸은 두 사람의 행동이 마음에 걸렸지만 하는 수가 없었다.

"선생님, 어머니의 병환은 어떻지요?"

딸은 답답하여 의사에게 영어로 물어 보았다.

의사는 서투른 영어로,

"어머니는 중병에 걸리셨습니다."

라고 대꾸하면서 환자에게는 자기의 집에 있는 특별한 약이 필요한데 만약 그 약이 제 시간에만 도착된다면 어쩌면 어머니의 목숨은 살릴 수 있을지도 모른다고 말했다. 그러나 중병에 걸린 환자를 두고

의사가 그 약을 가지러 갈 수는 없었다.

"제가 가서 그 약을 받아가지고 오겠어요."

딸은 의사가 자기 부인 앞으로 쓴 편지를 받아들고는 의사가 타고 온 마차를 타고 의사의 집으로 향했다.

마차는 천천히 달리고 있었다. 딸은 어머니의 병이 걱정되었지만 어떻게 할 수가 없었다.

"좀더 빨리 달릴 수 없을까요?"

마부는 그런 일은 자기와는 전혀 관계가 없다는 듯이 천천히 마차를 몰았다. 드디어 목적지에 도착한 딸은 의사 부인에게 의사가 써 준 편지를 건네주었다. 한데 거기에서도 애가 탈 정도로 오랫동안 기다려야 했다. 겨우 약을 받아 든 딸은 급히 마차를 탔다.

그러나 마차는 여전히 천천히 달렸다.

"좀더 빨리 달려주실 수 없어요? 환자가 이 약을 필요로 하고 있습니다. 사람의 목숨이 걸린 일입니다. 일 초라도 지체할 수가 없어요."

딸이 그렇게 부탁을 했는데도 마부는 들은 척도 하지 않았으며 서두르려고 하지 않았다.

그렇게 하여 호텔에서 의사의 집까지는 먼 길이 아니었는데도 결국 왕복 4시간이나 걸리고 말았다.

마차가 호텔에 도착하자 딸은 재빨리 뛰어내려 프런트를 향하여 달려갔다.

"어머니의 상태는 어떻지요?"

그 곳에 있던 지배인에게 물어 보았다. 지배인은 깜짝 놀라는 듯한 얼굴로,

"어머니라니요? 도대체 어느 분 말입니까? 아가씨?"
하며 엉뚱한 대답을 했다. 딸이 설명을 시작했다.

"우리 모녀는 오늘 오후 파리 역에서 마차를 타고 여기에 왔습니다. 어머니는 342호실로 안내되었는데, 안내되자마자 건강 상태가 나빠져서 의사를 불러 진찰받은 결과 저는 의사의 명령으로 그의 집까지 마차를 타고 약을 가지러 갔었습니다. 당신은 그 때 바로 옆에 있었으니까 기억하고 있을 텐데, 어떻게 된 영문이지요?"

"아가씨, 유감스럽지만 저는 당신의 어머니에 대해서는 아무것도

아는 것이 없습니다. 당신은 아까 혼자서 여기에 오셨습니다."

딸은 당황하는 듯한 어조로 말했다.

"그럴 리가 없습니다. 저희 모녀는 6시간 전에 여기에 머물렀습니다. 어머니도 저도 분명히 숙박부에 이름을 적어 두었습니다."

지배인은 숙박부를 꺼내더니 그 날의 페이지를 열어 위에서부터 아래로 훑어보았다. 중간쯤에서 조금 더 내려간 곳에 딸의 이름은 적혀 있었다. 그러나 그 위에는 어머니의 이름 대신 다른 사람의 이름이 적혀 있었다.

"아가씨, 아가씨의 이름만 기록되어 있고 어머니의 이름은 기록되어 있지 않죠?"

지배인이 그 숙박부에 적힌 이름들을 가리키며 말했다.

"그럴 리가 없어요. 저는 어머니와 함께 이 호텔로 들어와서 먼저 어머니가 숙박부에 서명하시고 그 바로 밑에 제 이름을 써 넣었어요. 그리고 나서 어머니는 3층 342호실을 할당받으셨어요. 어머니는 그 방에 계실 거예요. 저를 그 방으로 안내하여 주세요. 그렇게 하면 모든 것을 알게 될 테니까요."

딸은 약간 흥분된 표정으로 지배인에게 덤벼들 듯이 말했다.

"342호실은 며칠 전부터 프랑스 농촌에서 박람회 구경을 하러 온 사람들에게 빌려 주고 있습니다."

"어쨌든 342호실로 데려가 주세요."

딸은 완강한 태도로 버티고 있었다. 지배인은 342호실 사람들이 때마침 외출하고 없었으므로 딸에게,

"원하시는 대로 보여 드리지요."

라고 말하며 3층 342호실로 안내했다. 방안은 휑덩그레하였다. 본 적도 없는 사람의 소지품들이 놓여져 있었다. 딸은,

"앗!"

하고 놀라면서 방안을 둘러보았다. 방 안의 모습은 6시간 전에 보았을 때와는 완전히 달라져 있었다. 오렌지 색깔의 빌로오드 커튼도 장미빛의 벽지도 사라지고 없었다. 방 안의 가구와 장식품들도 아까와는 전혀 달랐다. 어머니가 계셨을 때의 모습은 어디에도 없었다.

"아가씨, 이제 이해가 되십니까? 보시는 바와 같이 아가씨는 무엇인가 착각하고 계시는 것입니다."

지배인은 당황하는 듯한 표정으로 그렇게 말했다.

지배인은 딸을 데리고 아래층 로비로 내려와 호텔 전속 의사를 소개했다. 그 의사는 4시간 전에 342호실에서 딸과 말을 건넸고, 어머니를 진찰했던 바로 그 의사였다.

"당신은 아까 저와 어머니를 진찰해 주신 그 의사 분이 아니세요?"

딸은 들뜬 목소리로 의사에게 물었다. 그 의사는 서투른 영어로,

"그런 사람 만난 적이 없는데요."

라고 딱 잘라 대답했다.

딸은 정말로 당황하지 않을 수 없었다.

'도대체 어떻게 된 일일까? 무슨 악몽이라도 꾸고 있는 것일까. 그렇지 않으면 무서운 음모에 휘말리고 있는 것일까?'

딸은 고심 끝에 파리에 있는 영국 대사관으로 달려가 자초지종을 이야기하고 도움을 청했다.

그녀는 또한 경찰서와 신문사에도 호소했고 몇 번씩이나 찾아가기도 했다.

모두가 그녀의 이야기를 듣자 놀라며 동정했다. 그러나 어느 누구도 그녀의 이야기를 믿으려고는 하지 않았다.

결국 그녀는 정신 이상자가 되어 영국으로 끌려가 그 곳의 정신 병원에 들어가는 신세가 되어 버리고 말았다.

그러나 결국 이 추리 소설같은 미스터리 사건의 진상이 폭로될 때가 왔다. 두 모녀가 마르세이유에서 파리로 왔던 날 342호실로 불려 왔던 의사가 어머니의 병을 진찰한 결과 페스트라고 진단을 내렸다. 인도나 버마 등은 콜레라나 페스트 등 전염병의 발생지로 유명한데 이 두 모녀가 인도에서 왔기 때문에 페스트라는 전염병을 더욱 확실히 뒷받침한 셈이었다.

이 말을 들은 호텔 지배인은 너무나 당황했다.

만국 박람회의 개막이 눈 앞에 다가왔는데 파리에서 페스트가 발생했다는 것이 사람들에게 알려진다면 이것이야말로 일대 사건이 아닐 수 없었다. 어쩌면 파리 전체의 음식점이라는 음식점은 전부 문을 닫아 버릴 지도 모르는 일이며, 호텔들도 당분간 영업이 금지될 지도 모른다. 페스트의 감염 경로가 뚜렷하게 밝혀진다거나 전염에 대한 염려가 완전히 사라지기 전까지 파리의 전 시민은 커다란 희생을 치르게 될 것이다. 이것은 파리 전 시민의 생사가 걸린 문제였다.

어머니가 진성 페스트에 걸린 것을 안 의사는 호텔 지배인과 의논하여 가짜 편지를 딸에게 주어 의사의 집까지 약을 가지러 보내면서, 마차의 마부에게는 될 수 있는 대로 천천히 느린 속도로 갔다 오도록 미리 이야기해 두었다.

그 동안 어머니는 페스트로 죽었다. 호텔 지배인과 의사는 시당국에 불려갔으며, 이것저것 여러 가지로 의논한 끝에 페스트의 발생에 관해서는 당사자 이외의 사람에게는 절대 비밀로 하기로 결정했고 호텔의 종업원에게도 엄한 함구령이 내려졌다.

어머니의 시체는 다른 곳으로 옮겨졌으며 페인트칠하는 사람과 실내 장식가를 급히 불러들여 딸이 약을 받아 342호실로 돌아오기 전까지 방 안의 모습을 완전히 바꾸어 버렸다.

그런데 이 이야기는 도대체 어디에서 나온 이야기일까? 실화인지, 아니면 지어낸 이야기인지는 누구도 모른다. 처음부터 활자화되어 있는 것도 아니었고, 누구의 입에서부터 시작되었는지 입으로만 전해지고 있는 것이다. 1889년에 칼 할리만이라는 기자가 『파괴・자유』라는 신문에 이 이야기를 컬럼으로 발표했다. 그리고 나서 몇 년 후에 할리만이 어떤 사람으로부터.

"그 이야기는 자네의 창작품인가? 그렇지 않으면 여행지에서 들었던 이야기인가?"

라고 질문을 받았을 때 그는,

"잘 생각이 나지 않는다."

라고 대답했다고 한다.

1911년에 런던의 『데일리 메일』지가 이 사건을 조사해 본 결과로는 정말로 있었던 이야기라고 하지만 그것을 뒷받침할 수 있는 증거는 없었다고 한다.

소설가 로크 로온즈 부인은 이 사건을 토대로 《그녀의 신혼여행의 종말》(1914년 발간)이라는 한 편의 소설을 완성하였다. 내용은 약간 달랐다. 결혼한 지 3주째 되는 신혼부부가 파리에 왔다. 마침 그 때 파리는 러시아 황제를 맞이할 차비로 온통 법석대고 있었다. 젊은 부부가 머물렀던 호텔도 대단히 혼잡하여 함께 머무를 방을 얻지 못하고 부부가 따로따로 다른 방에 머물게 되었다.

다음 날 아침 일찌기 천둥과 비가 심하게 내렸기 때문에 신부는 남편이 걱정되어 프론트에서 조회하여 보았더니,

"당신은 혼자 온 것입니다."

라고 말했다. 그녀는 남편이 있었던 방으로 가 보았으나 전에는 문이었던 것이 어느 사이에 벽이 되어 있었다.

그 외에도 방 안의 분위기가 완전히 바뀌어져 있었고 남편의 모습은 어디에도 없었다. 부인은 이상하게 생각하면서 신혼 초기의 아픔을 가슴 속 깊이 간직한 채 혼자서 쓸쓸히 영국으로 돌아왔다.

그런데 그런 사건이 있은 지 1년이 지난 어느 날, 그녀는 어떤 경찰관으로부터 묘한 이야기를 들었다.

그 경찰관은 파리에서 들은 이야기라고 하면서, 그 언젠가 러시아 황제가 파리를 방문하였을 때, 어떤 호텔에 머물러 있던 무정부주의자가 자기 방에서 황제를 암살할 폭탄을 제조하던 중 실수로 자폭했는데, 그 때 옆방에 머무르고 있던 한 영국인이 그 충격으로 사망했다는 것이었다.

러시아 황제는 한 영국인의 희생으로 위험천만이었던 죽음을 면할 수가 있었다. 그러나 그 같은 사실을 일반 시민들에게 알려서는 안 된다고 생각한 당국은 이 사실을 철저히 숨겼다. 무정부주의자의 죽음도, 한 영국인의 죽음도 밝히지 않고 어둠 속에 그대로 묻어 버렸던 것이다.

다행스럽게도 폭발은 번개와 천둥이 한창이었을 때 일어났기 때문에 누구도 눈치채지 못하고 끝났다. 소설의 줄거리는 대강 그러했다.

미국 소설가 로렌스 라이징도 이 이야기를 바탕으로 하여 《헬레나 카스라는 여자》라는 소설을 썼는데 이 소설은 원래 이 이야기와는 매우 달랐다.

파리에서 행방불명이 된 영국 부인의 이야기는 실화였던 것일까? 그렇지 않으면 뛰어난 소설가가 지어낸 소설이었던 것일까? 만약 소설이었다면 '내가 그 작자다'라고 외치며 나오는 사람이 이제까지 없는 것이 이상하다.

영국 외무성은 이 사건에 대하여 아무것도 모르고 있었고, 또 이 이야기의 근원까지 거슬러 올라가 조사해 본 사람도 없다.

이 이야기는 어느 책에도 전혀 실려 있지 않았다.

이 이야기는 1889년 5월, 파리에서 만국 박람회가 열렸을 때의 사건이라고 생각되지만 그 때 페스트가 발생했는지 안 했는지에 대해서는 확실히 모른다.

만일 이 이야기가 실화였다고 할지라도 여러 가지 형태로 전달되어오면서 과장되었기 때문에 처음에 있었던 사건과는 상당한 차이가 있을 지도 모른다.

어머니가 페스트에 걸렸다면 그것은 인도에서 걸린 것이 아니라 배 위에서 걸린 것일 것이다. 페스트는 감염되고 나서 잠복 기간이 최대한 12일이니까 배에서 감염된 것이 확실하다. 이 배가 어딘가에서 검역을 받았을 것이나 어쩌면 모르고 그냥 지나쳐 버렸을 지도 모른다.

그렇다고 해도 이 부인만이 희생된 것은 정말로 아리송한 사건이라고 말할 수 있겠다. 하긴 다른 환자는 이 이야기와는 관계가 없기 때문에, 만일 페스트에 걸린 다른 환자가 있었다 해도 이 경우에는 무시되었을 것이다.

문제의 부인은 상당한 재산을 가진 사람이었을 것이고 영국이나 인도에 친척이 있었을 것이다. 그런데 이 부인과 함께 있던 딸은 도대체 그 후에 어떻게 된 것일까? 어쨌든간에 상속인이 있었을 것인데, 상속인으로부터 그녀의 실종 사건에 대한 조사를 의뢰 받았다거나 또는 사망 확인을 해 달렸다는 이야기를 듣지 못했다.

정말로 있었던 사건인지 아닌지는 별도의 문제이며, 이 사건은 참으로 흥미있는 것으로써 오랜 세월이 지난 오늘 날까지도 이야깃거리가 되고 있다.

▮ 아이린 모어의 미스터리

　스코틀랜드 북서쪽에는 헤브리디시(Hebrides) 제도가 줄지어 있다. 여기서 다시 서쪽으로 약 27킬로미터 떨어져 있는 광대한 대서양의 한가운데에 플래넌 제도가 누워 있다. 뱃사람들에게는 옛날부터 「7인의 사냥꾼」이라고 알려져 있는 섬들이다. 북쪽의 거대한 섬은 아이린 모어라고 불리우고 있는데, 이것은 「큰 섬」이라는 의미를 가지고 있으며 「메리 셀레스트호」와 더불어 바다의 풀리지 않는 미스터리의 대명사로 되어 있다.

　이 섬들의 이름은 아이린 모어에 교회를 세운 7세기의 신부, 플래넌에게서 유래한다. 헤브리디스 제도의 양치기들은 앙들을 배에 실어 이 섬을 건너게 하여 넓게 펼쳐진 잔디에서 풀을 뜯도록 하곤 했었지만, 결코 이 곳에서 밤을 새우지는 않았다. 그것은 그 곳에 「난쟁이」라는 이름의 유령이 나온다고 믿었기 때문이다. 19세기의 마지막 10년 동안은 영국의 해외무역이 증대되었는데 그 때 클라이드뱅크(스코틀랜드 남서부의 도시)에 드나드는 배가 플래넌 제도에서 난파했다는 사실이 나타났다. 1895년, 북영(北英) 등대 위원회는 아이린 모어에 등대를 건설할 계획을 발표했는데 처음 계획으로는 2년에 걸쳐 건설할 예정이었다.

　그러나 거친 바다와 싸우지 않으면 안 되었다. 약 60미터 높이의 절벽 위로 건설용 석재나 목재를 끌어올리는 작업도 곤란한 과정이었다. 계획은 결국 빗나가 아이린 모어 등대에 처음으로 등불이 켜지게 된 것은 1899년 12월이었다. 그 다음 해, 등대의 등불은 헤브리디스 제도에서 최대인 루이스 섬과 플래넌 제도 사이의 사나운 바다에 계속해서 빛을 비춰 주었다. 그런데 1900년의 크리스마스 11일 전에 그 빛이 사라져 버린 것이다.

등대로 통하는 선착장은 섬의 서쪽과 동쪽 두 곳에 축조되어 있었으므로 폭풍우 때에도 어느 한 쪽은 사용할 수 있었다. 그러나 너무나도 험악한 날씨 때문에 북영등대위원회는 조사를 위한 배를 보낼 수 없었으며 조셉 무어 선장은 헤브리디스 쪽의 로흐 로그 항구에서 대기할 수밖에 없었다. 그는 서쪽 플래넌 제도 쪽의 방향을 바라보면서 절망감에 사로잡혔다. 아이린 모어의 등대지기인 제임스 듀케트, 도널드 맥아더, 토머스 마셜이 모두 동시에 병에 걸렸다는 것을 상상할 수 없는 일이었다. 또 아무리 폭풍우라 할 지라도 그것으로 등대 그 자체가 무너질 까닭도 없었다.

1900년의 크리스마스 다음 날은 청명한 날씨로 되돌아왔고 바다도 비교적 평온을 되찾았다. 「헤스페러스호」는 날이 밝는 것을 기다려 항구를 떠났다. 무어 선장은 초조감으로 인해 아침 식사도 생각이 없었다. 플래넌 제도를 응시하면서 갑판 위를 서성거렸다. 미스터리가 풀리지 않기 때문이었다.

파도는 여전히 높았다. 헤스페러스호는 세 번이나 접근을 시도하다가 가까스로 동쪽의 방파제에 닻을 내리고 신호를 보냈는데 등대에서는 아무런 반응도 보이지 않았다. 원래의 규칙대로라면 깃발을 흔들어야 했는데, 그 곳에서는 생명의 신호조차도 없었다.

무어 선장이 제일 먼저 등대 입구에 도착했는데 문은 닫혀 있었다. 그는 손에 입을 대고 소리를 질렀다. 통로를 향해 가파른 길을 올라 갔으나 앞의 문도 닫혀 있었다. 선장은 다시 큰 소리로 이름을 불러 댔지만 아무런 반응도 없었다. 앞의 메리 셀레스트호와 마찬가지로 등대는 비어 있었으며 1층의 큰 방으로 들어갔더니 시계가 멈춰 있 었다. 난로에 남아 있는 재는 차가워진 상태였다. 침실은 위에 있었 으나 선장은 소름이 끼쳤다. 거기서는 어떤 광경이 자신을 기다리고 있을까? 다른 두 사람이 오기를 기다렸다가 함께 위로 올라갔다. 침 대는 잘 정돈되어 있었으며 흩어진 곳은 하나도 없었다.

등대장인 제임스 듀케트는 일지를 써 놓았는데 마지막 기록은 12월15일 오전 9시였다. 그것은 등대의 불이 꺼진 날이었다. 그러나 등 불용의 기름이 없어진 것이 원인은 아니었다. 심지는 가지런히 정리 되어 있어서 언제든지 불을 붙일 수 있는 상태였다. 모든 것들은 질 서정연한 상태였다. 3인의 등대지기는 그 날의 기본적인 작업을 보통 때처럼 했고 그 후 무엇인가 비극적인 것이 그들을 습격했으며 그 날 저녁이 되어서는 섬의 등대의 램프에 불을 켤 사람이 한 사람도 남지 않게 된 것이다. 그 밖에 다른 조건은 생각할 수 없는 상황이었 다. 그러나 12월 15일은 평온한 하루였다…….

헤스페러스호는 3인의 등대지기에게 줄 크리스마스 선물을 그대로 실은 채 보람도 없이 루이스 섬으로 되돌아왔다. 그리고 이틀 후 조 사단이 아이린 모어에 상륙했다. 여기서 도대체 어떤 일이 벌어졌을 까? 처음의 상황은 매우 단순하게 생각되었다. 서쪽 방파제에는 폭풍 우의 흔적이 뚜렷하게 남아 있었다. 해면에서 약 20미터의 높이에 크 레풍이 있는데 그 곳에 로프가 몇 겹 감겨져 있고 또 해면에서 14미 터의 높이의 바위틈에는 도구상자가 준비되어 있었으나 그것이 보이지 않았다. 30미터 정도의 높은 파도가 대서양에서 그 곳으로 부딪치면서 도구상자와 함께 세 명의 사나이들을 덮친 것일까? 듀케트와 마셜의 오일스킨(oilskin, 위아래로 통하는 방수복)이 보이지 않았다는 사실도 그런 생각을 할 수 있는 유력한 근거가 되었다. 그 옷은 방파제로 나갈 때만 입는 것이다.

조사단은 납득할 수 있는 결론을 내렸다. 두 사람은 크레인이 폭풍우로 인해 망가지게 될 것이라고 판단하여 오일스킨을 걸치고 방파제로 갔다. 그런데 큰 파도가 그들을 삼켜 버린 것이다……. 그러나 이 경우 제3의 사나이 도널드 맥아더는 어떻게 되었을까? 그의 오일스킨은 등대에 남아 있었던 것이다. 먼저 나간 두 사람을 구하기 위해 뛰어나갔다가 그도 함께 물결에 휩싸이고 말았을까?

하지만 이상의 추리는 어느 것이나 성립되지 않는다는 것을 곧 알 수 있다고 누군가가 지적했다. 12월 15일은 평온한 하루였다. 폭풍우가 몰려온 것은 이튿날부터였다. 그렇다면 등대장 듀케트가 기록한 날짜에 착각이 있었다는 이야기인가? 그럴 가능성도 있을 수 있다. 하지만 이 추측도 부정적이다. 로흐 로그의 항구에 되돌아온 조사단은 이에 대한 근거를 찾아냈다. 15일 밤에 「이처호」가 아이린 모어섬 근처를 지나갔는데, 그 때 등대에는 불이 없었다는 것이다. 그 배의 선장 홀만의 증언이었다…….

그렇다면 이렇게 생각해 보자. 세 사람은 평온한 아침에 방파제로 갔다. 그것으로 맥아더가 오일스킨을 입지 않았다는 것이 설명된다. 그런데 한 사람이 미끄러져 바다에 떨어지고 그를 구하기 위해서 두 사람도 바다에 뛰어들었다가 그대로 익사한다. 그러나 방파제에는 로프와 구명대가 있으므로 구명대를 던지는 것만으로도 해결될 수 있는 일이다. 그런 조건에서 두 사람이 바다에 뛰어들었을까?

158

그렇다면 다시 이렇게 각해 보자. 처음에 미끄러져 바다에 떨어진 사나이가 실수하여 구명대를 붙잡지 못했다. 하지만 그 같은 경우에도 두 사람 중에 한 사람만 뛰어 들어가고 다른 한 사람은 로프를 붙잡고 방파제에 남아 있었을 것이다…….

이런 추리도 있다. 세 사람 중의 하나가 발작을 일으켜 나머지 두 사람을 죽인 후 자기도 투신자살한다. 물론 그런 가능성도 아주 없다고 할 수는 없다. 그렇지만 그 같은 가능성을 시사하는 증거는 아무 것도 없는 것이다.

방송해설자인 발렌타인 다이알은 그의 저서 「미해결의 미스터리」에서 다음과 같은 설명을 시도하고 있다. 1947년에 스코틀랜드의 신문기자 이언 캠벨이 아이린 모어섬에 갔는데 그 날은 평온한 날이었다. 그가 서쪽의 방파제에 서서 바다를 바라보고 있을 때 갑자기 해면이 솟아올랐고 순식간에 20미터를 넘는 높은 파도가 되어 방파제를 덮쳤다. 그리고 1분 후에 원래의 평온한 바다로 돌아갔다. 조수의 심술이거나 해저의 지진일수도 있다. 방파제에서 그런 파도에 부딪히면 바다로 끌려들어갈 것이다. 캠벨은 그렇게 확신하면서 소름이 끼쳤다고 했다. 해면의 이런 느닷없는 「솟아오름」은 흔히 있는 일로서 지금까지 여러 사람이 바다에 빠져죽었다고 등대지기가 그에게 말했다.

이 설명을 인정한다고 하더라도 아직까지 풀리지 않는 의문이 있다. 이런 사고 때문에 왜 「세 등대지기」가 사라졌는가 하는 것이다. 맥아더는 오일스킨을 입지 않았다. 그런 현상이 발생했다고 하더라도 그 발생 시간에 그는 등대 안에 있었다. 그렇게 생각하는 것이 자연스럽다 그 때 동료 두 사람이 높은 파도에 휩쓸렸다고 하자. 자기도 모르는 사이에 방파제로 뛰어가서 몸을 던져버릴 만큼 맥아더는 미련한 사람이었을까?

　확실히 말할 수 있는 것은 다음과 같은 사실 뿐이다. 19세기가 막을 내리기 직전인 12월의 평온한 날, 어떤 사건이 발행하여 미스터리를 풀 수 있는 단서를 하나도 남겨 놓지 않은 채 아이린 모어에서 세 명의 사나이를 훔쳐갔다는 것이다.

▌사살된 사람은 악한 딜린저인가?

● 비뚤어진 마음

존 허버트 딜린저는 길지 않은 그의 생애가 끝날 무렵 '사회의 공적 제1호'라고 지명되었다. 그것은 '도련님 얼굴의 넬슨', '미소년 플로이드', '보니와 클리드' 등 강도 전문의 갱들이 서로 나누어 가졌던 훈장이다. 경찰의 기록에 따르면 1934년 7월 2일에 딜린저는 시카고의 영화관 '바이오그라프'에서 나오다가 FBI의 수사관에서 사살되었다. 허망한 죽음이었다. 그러나 그 이후 죽었다는 사나이가 정말로 그 유명한 갱인가 하는 의문이 세상에서 오랫동안 존재하게 되었다.

존 허버트 딜린저는 1903년 6월 22일에 그리 넉넉하지 않은 가정에서 태어났다. 국민학교 6학년 때 펜실베이니아 철도의 화물차에서 석탄을 훔쳐 인디애나폴리스 근처의 사람들에게 팔다가 잡히게 된다. 재판관은 소년에게 이렇게 말했다고 한다.

"네 마음은 삐뚤어졌다!"

그 사이 그의 아버지는 인디애나 주 무레스빌의 교외에 작은 농장을 장만했고 그의 가족들은 그 곳으로 이사를 간다. 그러나 딜린저는 시골 생활이 견딜 수가 없었으며, 한편 한 여자를 좋아하게 되었지만 그것도 잘 되지 않았다. 그는 차를 훔쳐서 인디애나폴리스로 가서 해군에 입대했는데 해병으로서의 4개월 동안 몇 번에 걸친 무단외출로 12월에는 해군에서 추방되었다.

그는 다시 인디애나 주로 되돌아와 16세의 여자와 결혼했으며 그녀의 집으로 옮겨갔다. 어느 날 딜린저는 당구장의 매점에서 술을 마시다가 에드거 싱레턴이라는 전과자와 함께 가택 침입을 모의한다. 그들은 야구방망이를 들고 무레스빌의 식료잡화점을 습격했다. 그러나 잡화점의 주인이 맹렬히 반격해 오므로, 그들은 목적을 이루지 못한 채 도주하게 되었으며 딜린저는 용의자로 체포되었다. 그의 아버지가 면회하러 왔을 때, 그는 아버지에게 범행을 고백했다. 검사는 법정에서 관대한 처분을 바란다고 탄원하면 잘 될 것이라고 약속했으나, 엄격한 재판관을 만난 것이 그의 불운이었다. 그 재판관은 그에게 200달러의 벌금과 10년에서 20년 사이의 징역을 선고했다. 약속과 달라진 선고에 딜린저는 오기가 났다. 그리하여 팬들턴의 교도소에서 몇 번이나 탈옥을 시도했지만 실패했다. 여기서 그는 유명한 은행강도들과 의기투합하게 되는데, 그들은 해리 피어폰트와 호머 반메터였다. 딜린저에게는 동성애의 경향도 있어서 교도소 안에서도 애인을 잘·만들었다.

1933년에 무레스빌의 주민에게서 청원이 제출되어 그 해 5월에 딜린저는 석방되었다. 다음에 그가 생각한 것은 동료죄수들의 집단 탈주 안내를 하는 일이었다. 그는 먼저 미시간의 교도소에 이송되어 있는 1만 6백달러의 거금을 탈취한 적이 있는 강도들을 돕는 일을 했다. 또 인디애나 주 댈리빌에 있는 은행의 출납계 직원은 딜린저가 여름용 신사모자를 쓰고 들어왔는데, 자기를 무서워하지 않도록 신경을 쓰고 있었다고 후에 경찰에서 말하고 있다. 그는 유머 감각도 대단했다. 1933년 여름, 만국박람회가 열리고 있는 시카고에서는, 여자친구인 메리 롱네이커와 자기의 스냅사진을 찍어달라고 경관에게 카메라를 건네 줄 정도였다.

● 딜린저 일당의 탄생

1933년 9월의 어느 날 딜린저는 신문지에 싸여진 권총 3자루를 미시간 교도소의 운동장 안으로 던졌다. 그러나 그의 패거리들 손에는 들어가지 못한 채 다른 죄수가 주워서 소장에게 전했다. 다음에 딜린저는 실 공장의 반장을 매수하여 교도소의 셔츠 재봉공장에 납품하는 통 속에 권총을 숨겨서 전달했는데, 그것은 성공하여 동료 10명이 탈옥했다. 그러나 딜린저는 다시 잡혔다. 경찰이 그의 여자친구인 메리를 감시하고 있었으므로 발목이 잡혔던 것이다.

이번에는 탈옥한 패거리들이 딜린저를 리마 교도소에서 탈옥시켜 줄 차례였으며 성공을 거두었다. 그 탈옥극에서 보안관 제스 서버가 사살되었다. 그로부터 8일 후 딜린저와 피어폰트는 인디애나 주 페루 교도소에 시치미를 떼고 들어가, 여행 중인 사람이라고 자신들을 소개하면서 예상되고 있는 딜린저 갱단의 습격에 어떤 대비를 하고 있느냐고 물었다. 교도소의 간수는 두 사람을 무기고로 안내한다. 거기서 딜린저와 피어폰트는 권총을 들이대고 기관총, 엽총, 방탄조끼 등을 차에 싣고 시를 빠져나갔다.

신문은 그들을 '딜린저 일당'이라고 호칭하기 시작한다. 그들은 미국의 모든 악명 높은 강도짓을 화려하게 펼쳐, 정확한 사건의 수를 도저히 확정할 수 없을 정도로 만들었다. 어느 날 딜린저는 인디애나 주 그린캐슬의 은행을 덮쳤다. 한 농부가 카운터에 서 있었는데, 그의 앞에는 현금이 쌓여 있었다. 그는 물었다.

"그 돈은 당신 것이요, 은행 것이요?"

농부는 대답했다.

"내 돈이요."

딜린저는 다시,

"잘 간수하시오."

하고 말하고 나서 은행의 돈을 자루에 넣고 당당하게 나왔다.

이 같은 이야기로 딜린저는 현대의 의적 로빈 훗으로서 화제에 오른다. 그들 일당이 은행에서 탈취한 금액은 7만 5천 달러를 돌파했다. 그 해 겨울 그들은 따듯한 지역으로 무대를 옮기기로 하고, 플로리다 주 데이토나비치로 차를 몰고 갔다. 그러나 애리조나 주 잭슨까지 갔을 때는 운이 다 하게 된다. 숙박한 호텔에서 불이 남으로써 소방관에 의해 그들의 소지품에서 다량의 총과 탄환이 발견된 것이다. 그들은 체포되어 인디애나 주로 이송되었다. 그리고 피어폰트는 보안관 제스 서버를 살해한 혐의로 기소되었다.

● 화려한 탈옥

1934년 3월 3일, 딜린저는 인디애나 주의 크라운 포인트 교도소에서 화려한 탈옥극을 연출해 보였는데, 면도날로 나무토막을 깎아 권총 모양을 만들어 그것을 사용했다고 전해진다. 이 탈옥으로 그는 또 유명해졌다(나중의 조사에서 딜린저는 어딘가에서 진짜 권총을 입수했었음이 판명된다). 그리고 2주일 후 그와 함께 탈옥한 허버트 영블루드가 경찰과의 총격전에서 사살되었다. 딜린저는 즉시 갱단을 재편성했다. 호머 반 메터와 성미 급한 도련님 얼굴의 넬슨(실명은 레스터 질리스)이 새로 참가했다. 그리고 피어폰트의 변호를 위한 비용까지 송금했다. 그러나 그것은 피어폰트와 또 한 사람이 사형을 언도받은 후라서 쓰지 못했다. 그 직후 미네소타 주 세인트폴에서 딜린저 자신도 경찰과의 대치에서 목숨을 잃을 뻔 했다. 그리고 1개월 후에, 경찰은 위스콘신 주 라인랜더 근처의 리틀 보헤미아 로지에서 딜린

저의 은신처를 포위했다. 그러나 여기서도 갱단은 보란 듯이 도망쳤
다. 그 때 몇 사람의 구경꾼들이 총에 맞아 죽었다(코미디언 윌 로저
스는 딜린저를 사살하는 곳은 구경꾼들이 서 있어야 한다고 익살을
부렸다).

딜린저는 인상을 바꾸기 위해 플라스틱을 피부에 묻는 성형수술을
했다. 혀가 목을 막아 질식할 정도여서 성형외과 의사는 혀를 필사적
으로 끌어내기까지 했다.

인상을 바꾼 딜리저는 대낮에도 당당하게 공공의 장소에 모습을
드러냈고 시카고에서는 폴리 해밀턴이라는 웨이트리스와 데이트를
즐겼다. 폴리의 건넌방에는 안나 세이즈라는 42세의 여자가 있었는
데, 그녀는 술집을 경영했다는 이유로 전과를 갖게 된 여자였다. 안
나는 국외 추방의 처분을 겁내고 있었는데, 건넌방에서 사는 폴리의
애인의 소행에 어떤 묘안이 떠올랐다. 딜린저를 경찰에 밀고하면 포
상으로 국외 추방은 모면할 수 있으리라고 생각한 것이다. 그 무렵
딜린저는 제임스 로렌스는 이름을 사용하고 있었다.

● 시체에 총알 자국이 없다

문제의 1934년 7월 22일, 저녁 무렵에 딜린저는 폴리 해밀턴과세이
즈를 데리고 영화관 '바이오그라프'로 갔다. 상영되는 클라크 게이블
주연의 「맨해턴 멜로드라마」라는 것이었다. 안나 세이즈는 화려한 빨
간색의 옷을 입고 있었는데 그것은 곧 눈에 띄도록 하기 위해서였다.
영화가 끝나고 7그들이 나오자, FBI의 수사관 멜빈 퍼비스가 그에게
접근하여 체포하려 했다. 딜린저는 주머니에서 콜트 자동권총을 꺼내
고 옆걸음으로 피하며 골목으로 뛰어갔다.

그 때 세 명의 수사관이 그에게 발포하여 딜린저는 쓰러져 죽었다.

탄환이 왼쪽 눈을 관통했는데, 이 탄환을 발사한 것은 동부 시카고 경찰서의 경관 마틴 자코비치였다. 그 날 밤에 보도 관계자들은 딜린저의 시체가 보관된 장소로 안내되었다. 외국기자인 네글리 파슨에 따르면 담당 경찰은 그 때 알몸의 시체에 덮여 있는 시트를 들고서 "멋있는 임종이라고 생각되지 않습니까?" 하면서 자랑했다고 한다.

그러나 그 시체가 과연 딜린저였을까? 쿠크의 주임 검사인 J. J. 칸스박사가 작성한 시체해부 의견에 따르면 시체의 눈은 밤색이었다고 했다. 그러나 딜린저의 눈은 파랗다. 그리고 시체는 어렸을 때부터 만성 류머티즘 질환자였다. 딜린저에게는 그런 상태가 없었던 것이다. 만약 있었다면 그는 해군에 입대할 수 없었을 것이다. 로렌스 딜린저보다 키가 크고 뚱뚱했다. 딜린저에게는 총격전에 의한 총상자국이 있었을 것이고 또 태어났을 때부터의 상처도 있다. 그러나 로렌

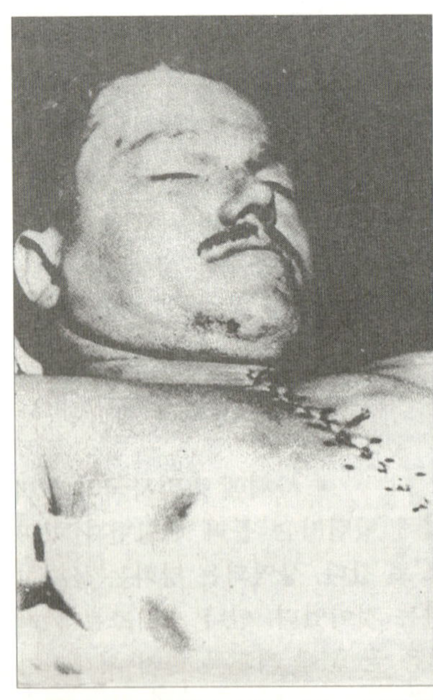

▲ 존 딜린저라고 믿고 있는 사람의 사살된 시신

▲ 1934년 7월 22일 FBI에 체포된 존 딜린저

스에게는 그것이 없었다.

범죄사건 기자인 제이 로버트 내시는 FBI가 죽은 사람이 딜린저라고 오인한 것이라고 추리한다. 후에 에드거 후버(FBI의 창시자로 사망할 때까지 약 50년간 그 국장이었다)는 입장의 악화를 염려하여 오인을 인정하려고 하지 않았다. 내시에 따르면 '지미 로렌스'는 건달로 1930년경에 위스콘신 주에서 시카고로 온 사나이이며, 바이오그라프 영화관 근처에 종종 나타났었다고 한다. 내시의 말이 정당하다면 '빨간 옷의 숙녀'는 건달을 딜린저로 분장시킨 것이므로, 진짜 딜린저에게는 평생 안전한 대피처를 마련해 준 셈이 된다. 빌리 프리체트라는 딜린저의 여자 친구의 핸드백에서 그의 사망 직전에 촬영한 사진이 발견되었다. 그 사진도 제임스 로렌스와 놀랄 정도로 닮아 있었다. 그렇다면 그 여성도 애인으로부터 경찰의 추적을 흐리게 하는 계획에 뭔가 역할을 한 셈이다.

그 후 몇 개월 내에 딜린저의 갱단은 전멸했다. 호머 반 메터는 골목에서 사살되었고 도련님의 얼굴 넬슨은 총격전에서 두 FBI 수사관을 사살한 뒤에 피살되었다. 헤리 피어폰트는 뇌물을 주고 오하이오 주립교도소의 사형수 독방에서 탈주를 시도하려다 계획이 드러나 실패했다. 그는 1934년 전기의자에서 처형되었다.

그렇다면 딜린저는 어떻게 된 것인가? 문제의 날 '바이오그라프' 영화관에 함께 있었다는 갱의 일당인 불랙키 오데트는 그의 저서 《죽임의 시트》에서, 딜린저는 결혼하여 오리건 주로 달아났다고 단언하고 있다. 그는 1940년대에 완전히 모습을 감춘 결과가 되었다.

▲ 볼링공도 여자 앞에서는

yupky.net

7.
원 세상에,
어떻게 이런 일이…

■ '18센티 칼'을 삼킨 강아지 '멀쩡'

'강아지 주변에 아무 물건이나 함부로 두지 마세요.'

자신의 몸길이만한 칼을 삼킨 강아지가 상처를 입지 않고 아무 일없이 살아나 화제가 되고 있다. 영국 인터넷 뉴스사이트 '아나노바'는 2003년 4월, 영국 머지사이드 주 헤이턴에 사는

▲ 개주인 맬레트가 애완견 자크가 삼킨 칼을 들어 보이고 있다.

12개월 된 강아지가 날카로운 칼을 삼켰지만 무사하다고 보도했다.

개주인 존 멜레트는 자신의 애완견 '자크'가 어디가 불편한지 자꾸 몸을 똑바로 펴려는 것을 보고 동물병원에 데리고 갔다. 동물병원에서 멜레트는 놀라운 말을 들었다. 자크의 몸 안에 칼이 들어 있다는 것이었다.

X레이를 찍어본 결과 스태퍼드셔불테리어종인 강아지 '자크'의 몸 안에 7인치(약 18센티미터)길이의 칼이 들어가 있었다.

칼은 자크의 목구멍에서 골반까지 온몸을 관통하고 있었다. 놀란 것은 진료를 담당한 수의사 크리스티나 시몬스도 마찬가지였다. 시몬스는 즉시 수술준비를 했고 자크의 몸에서 칼을 꺼냈다.

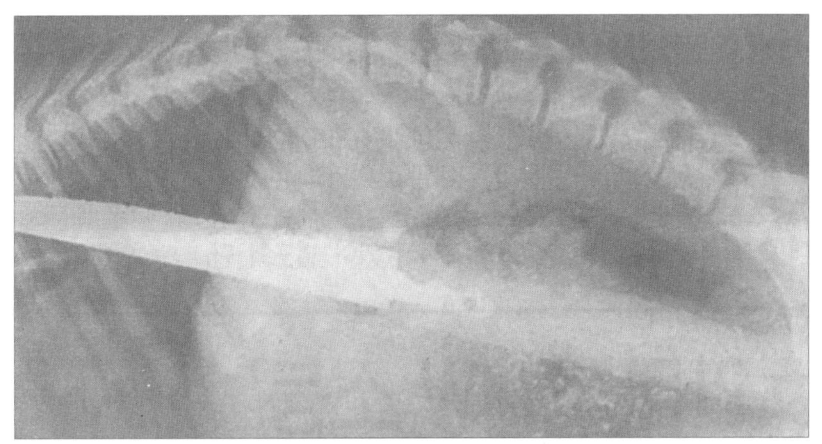

강아지 자크의 온몸을 관통한 칼 모습이 선명한 X레이 사진 ▲

담당 수의사 시몬스는 "칼은 목구멍에서 식도와 위를 지나 장을 일직선으로 관통하고 있었다"며 "개들이 산적에 쓰는 꼬챙이나 테이프 등을 삼키는 경우는 많다. 하지만 개가 자신의 몸만한 칼을 삼킨 것을 직접 보지 못했다면 믿지 못할 일"이라고 놀라워했다.

그는 "자크가 칼을 손잡이 쪽부터 삼켰기 때문에 이런 일이 있을 수 있었다"며 "만약 칼날이 있는 쪽부터 삼켰다면 생명에 지장을 느껴 전부 삼키기 전에 멈췄을 것"이라고 덧붙였다.

개주인 멜레트는 "수의사가 '몸 안에 칼이 들어 있다'고 말했을 때 무척 놀랐다"며 "나는 자크가 어떻게 그것을 삼킬 수 있었는지 이해할 수 없었다"고 당시 심정을 회상했다. 그는 "자크는 현재 건강을 회복했고 나는 자크가 무사해 정말 기쁘다"고 말했다.

▌ 감자 속에서 발견한 '22년 전에 잃어버린 반지'

어렸을 적에 읽었던 동화 중에 잃어버린 반지가 훗날 생선의 뱃속에서 나왔다더라는 얘기가 있다. 결코 있을 수 없는, 동화에나 가능한 이런 얘기가 현실로 이뤄져 화제가 된 적이 있었다.

지난 97년 10월 7일자 미국의 주간지 『내셔널 인콰이어러』는 네덜란드의 이즈뮈덴에 사는 간호사 앤젤리크 브라우어 씨(30·여)의 기이한 감자를 소개, 관심을 끌었다.

그 해 8월에 수확한 이 감자에는 그녀가 8살 때 잃어버린 그 반지가 박혀 있었던 것이다.

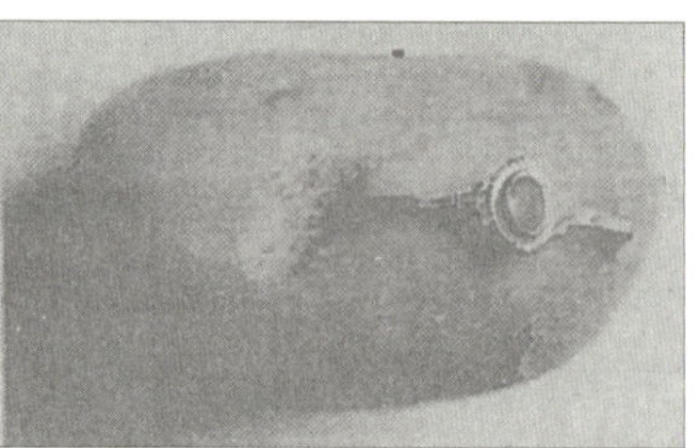

▲ 작은 사진은 반지를 잃어버린 당시의 앤젤리크. 반지의 링 부분이 감자에 파묻힌 상태로 발견됐다.

◀ 감자를 들어보이는 앤젤리크.

어렸을 때부터 은반지를 좋아했던 앤젤리크는 푸른 보석이 박힌 은반지를 얻고는 애지중지 아꼈었다. 그러던 어느 날 그녀는 그만 아버지가 공들여 가꾸던 야채밭에서 놀다가 그 반지를 잃어버리고 말았다. 찾고 또 찾고, 아무리 찾아도 영 눈에 띄지 않았다.

"반지를 잃어버리고는 얼마나 울었는지 몰라요. 그리고는 '다시는 그 반지를 볼 수 없겠구나'하고 포기한지 벌써 22년이나 지났지요."

그런데 바로 그 반지를 지난 여름 감자를 수확하던 그녀의 아버지가 찾아낸 것이다.

반지가 있는 상태에서 어떻게 감자가 자랐는지 손가락이 들어가는 반지의 링 부분은 감자 안으로 파묻혀 들어갔고 감자의 거죽쪽으로 푸른 보석이 나와 있었던 것이다. 그래서 그녀의 아버지도 얼핏 보고서도 반지를 발견하지 못했었다고 한다.

이 감자를 캔 후 너무나 놀랐다는 앤젤리크 부녀는 "물론 이 감자는 먹지 않고 잘 보관할 생각이에요. 그래야 다시는 그 반지를 잃어버리지 않을 것 아닙니까"하고 입을 모은다.

대지의 여신이 '옛다, 네 반지 여기 있다, 네 것이니까 네가 잘 가지고 있으렴'하고 자신에게 돌려 준 것 같다는 것이 앤젤리크의 말이다.

"무엇보다 기쁜 건 이십여 년 전으로 돌아간 것 같아 여간 기쁘지 않았어요. 나의 소녀시절의 아름다운 추억이 모조리 되살아난 것 같아요. 이거야말로 기적이 아닌가 싶네요"라며 기쁨을 감추지 못했다.

■ 결혼식 날 남자와 사랑의 도피를 한 신랑

만일 당신이 여성인데, 결혼식 날 아침에 갑자기 결혼 상대인 그에게 버림을 받았다면 어떻게 하겠는가? 뿐만 아니라 그가 하필이면 여성이 아닌 남성과 사랑의 도피를 했다면?

그처럼 비참한 꼴을 당한 신부는 미국 시카고에 사는 다이언 소린스키(27세).

"그토록 내 자신이 비참하게 느껴진 적은 이제까지 없었어요. 이제 연애 같은 건 안 할 거예요."

눈물을 흘리면서 비통해하는 다이언.

그녀는 자동차를 구입하려고 자동차 판매 회사에 갔다가 쇼 룸에서 세일즈맨인 게일리 톰슨과 알게 되었다.

"당신 같은 미인에게는 싸게 드리죠."

"그럼 1달러면 어때요?"

"그건 좀 곤란하군요. 내가 해고당하게 될 테니까요."

즐거운 대화가 오가면서 두 사람은 완전히 의기 투합하였으며 데이트하는 사이가 되었다. 게일리에게 한눈에 반한 다이언은 늘 적극적이었다.

"우리 함께 사는 게 어떨까요? 그렇게 하면 당신의 데이트 비용도 절약될 것이구."

“당신 쪽에서 먼저 결혼 이야길 꺼내는군. 글쎄, 아직은 좀 빠르지 않을까?”

게일리는 답변을 얼버무리고 말았는데, 다이언은 그것을 신중한 게일리의 성격 때문이라고 생각했다. 어쨌든 그러기를 3개월 만에 다이언은 마침내 게일리에게서 ‘오케이’라는 답을 얻어 내는데 성공했다.

“결혼식은 깨끗한 교회에서 하고 싶어요. 웨딩 드레스는 어떤 것이 좋을까?”

“아, 그건 당신에게 일임하겠어.”

게일리의 미적지근한 태도가 마음에 걸리기는 했었지만 행복감으로 가득 차 있던 다이언은 그대로 결혼식 준비를 서둘렀다.

이윽고 결혼식 날이 다가왔다. 그 날 아침 일찍 게일리는 다이언의 아파트에 찾아왔다. 피곤한 기색에다 수염이 더부룩한 모습으로 들어선 그는 자초지종을 털어놓았다.

“…… 실은, 나는 당신과 결혼할 자격이 없어.”

“그게 무슨 소리예요?”

“나는…… 여성을 사랑할 수 없는 몸이란 말이야.”

“여성을 사랑할 수 없는 몸이라니?”

“호모(동성 연애자)라는 이야기야. 남성 밖에 사랑할 수 없어.”

그렇게 말한 게일리는 방에서 뛰쳐나갔다. 다이언으로부터 연락을 받은 부모가 급히 게일리의 아파트로 달려갔지만, 이미 가재도구까지도 몽땅 치우고 사라진 뒤였다.

나중에 알게 된 일이지만, 그는 이미 결혼식 때 신랑의 들러리를 맡기로 했던 친구 토드와 사랑의 도피 행각을 벌였던 것이다.

“세상에, 여성이 아닌 남성이 내 사랑의 라이벌이었다니…….”

다이언의 비탄은 그랬었기 때문에 더욱 깊었다.

■ 집 주인의 생명을 구한 나무

나무도 자기 주인에게 은혜를 갚는다?

900미터 상공에서 추락하던 비행기가 공교롭게도 조종사가 심어 놓은 나무로 떨어지는 바람에 조종사 부부가 목숨을 건질 수 있었다면 이건 거의 기적에 가까운 일이다.

근착 미국의 『내셔널 인콰이어러』지는 얼마 전 미국 아이다호 주 아이다호 폴스에 사는 제임스 헤이니(59)와 마릴린 헤이니 씨 부부가 겪은 이 같은 실화를 전해 관심을 끈다.

사고가 나던 날 외과의사인 제임스 씨는 아내와 함께 경비행기인 파이퍼 PA-16에 올랐다. 친구와 친척들을 방문키 위해 1천9백킬로미터 떨어진 실버 레이크에 가던 길이었다.

제임스 씨는 자기 마을을 한 바퀴 선회한 다음 처제 부부를 태우기로 약속한 인근 비행장으로 갈 생각이었다. 그러나 900미터 상공에서 문제가 생겼다. 엔진이 냉각되지 않더니 그만 곤두박질치기 시작하는 것이었다.

"추락하는 동안 옛날 우리가 살던 집에 보이는 것이 아니겠어요? 그 곳은 남편이 태어나 자라고 우리가 결혼한 후 한동안 살던 곳이었죠. '아 이젠 남편이 태어난 바로 그 방에서 꼼짝없이 죽었구나'하고 생각했어요."

▶ 25년전 조종사가 심어 놓은 나무에
추락한 비행기

당시의 경험담을 애기하는 마릴린 부인은 금방이라도 땅에 떨어질
듯하던 비행기가 소나무 안으로 쑥 들어가더라고 말했다.

"그 소나무는 제임스가 25년 전 우리 네 아들과 함께 심은 것이었
어요.

나무 가지에 부딪히면서 날개가 꺾인 비행기는 땅바닥에 떨어졌는
데 나무가 완충작용을 하는 바람에 충격은 그리 크지 않았다. 헤이니

씨 부부는 머리와 등에 부상을 입었으나 시간이 지나면 회복될 수 있을 정도의 중상이다.

"신이 우리를 보살펴 준 게 틀림없습니다"라는 마릴린의 말에 이 마을 알 로벤스틴 보안관도 "이건 기적이라고 밖에 표현할 수 없습니다"라고 맞장구 쳤다.

▌잠결에 아기를 낳은 엄마

만일 당신이 여자라고 가정하고, 아침에 잠자리에서 눈을 떴을 때 양 다리 사이에서 갓 태어난 아기가 울고 있다면 어떻게 할 것인가?

농담 같지만, 영국 잉글랜드의 게인즈볼로에 사는 에레인 고드슨 (24세) 여인이 어느 날 아침에 깨어 보니 정말로 양 다리 사이에서 갓난아기가 울고 있었다.

"도대체가 난 내가 임신한 것조차 모르고 있었어요."

이 같은 희한한 출산을 경험한 에레인은 아기를 낳기 전날 밤에 평소와 똑같이 침대에 들어갔다.

임신한 사실을 몰랐던 것은 그녀가 무심해서가 아니었다. 정상적으로 생리가 계속되었고, 배도 부르지 않았는데다, 몸무게도 늘지 않았기 때문이었다.

"그대로 잠들고 말았는데, 새벽녘에 갑자기 배가 아프더라구요. 시계를 보니까 새벽 4시더군요. 몹시 아파서 나는 양손으로 배를 강하게 눌러 내렸어요."

배가 아픈데 눌러 내리다니 별일이라고 생각하겠지만, 에레인은 왠지 누르지 않으면 안 된다는 생각이 들었다고 한다.

"그랬더니 나의 거기서 아기가 쑤욱 빠져 나왔어요. 하지만 임신도 하지 않았는데 그런 엉터리 같은 일이 일어날 리가 없지 않겠어요?

그래서 꿈인 줄 알고 또 잠들어 버렸죠. 뭐!"

그로부터 3시간이 지나서 에레인은 잠에서 깨어났다. 그런데 아뿔싸! 꿈 속에서 나온 그 아이가 그 때까지도 양 다리 사이에 있었다. 꿈이 아니었던 것이다.

"그 후의 일은 잘 기억나지 않아요. 아기를 안은 뒤 가위를 찾아 탯줄을 끊은 것만큼은 뚜렷하게 기억나는데, 그리고 탯줄의 어디를 잘라야 하는지 잘 몰라서 짐작으로 가위질을 했어요."

그런 다음에 그녀는 사이좋게 지내는 이웃집 여자 자넷 호우너에게 전화를 걸어 도움을 청했다.

"도대체 어떻게 이런 일이, 2·3일 전에 에레인을 만났을 때 나는 '당신은 날씬해서 좋겠어요. 부럽네요'하고 말했는데, 그런 그녀가 임신 중이었다니……. 자넷은 지금도 이해가 안 간다는 얼굴로 웅얼거렸다. 어쨌든 입덧은 물론, 별다른 진통도 없이 하룻밤 사이에 엄마가 된 에레인은 다렌이라고 이름 붙여진 아들의 울음소리 때문에 밤잠을 설치면서도 싱글벙글 웃느라고 벌어진 입을 다물지 못한다고 한다.

▌꽃이 시들지 않는 무덤

어느 할머니의 무덤 앞에 놓인 꽃은 이상하게도 언제까지나 시들지 않는다고 한다. 그 꽃이 생화인데도 황량한 묘지에서 오직 그 무덤 앞의 꽃만은 변함없이 싱싱하다니 이상한 일이다.

영국의 게이츠헤드. 이 곳에는 황폐한 묘지가 있다. 그 묘지의 한 구석에 고요히 자리잡고 무덤이 있는데, 앞에 묘비에는 다음과 같은 이름이 새겨져 있다.

'MARY THOMAS(메리 토마스)'

메리는 노쇠하여 1년 전에 아흔 살의 나이로 세상을 떠난 할머니이다.

사랑하는 외아들 그레고리(33세)를 남겨 두고 죽은 메리 할머니는 생전에 꽃을 매우 좋아했었다고 한다. 임종을 맞은 병상에도 아름다운 꽃들이 가득 차 있었다.

"그레고리야, 과일은 어차피 먹지 못하니까 내게는 필요 없다. 그러니 이 방을 꽃들이 가득하게 장식해 주렴. 나는 그렇게 해 주는 것이 몇 배나 더 기쁘단다."

그렇게 말하면서 메리 할머니는 아들이 가지고 오는 가지각색의 꽃들을 눈을 가늘게 뜨고 바라보고는 했다.

"어머니는 말 그대로 꽃들에 싸여서 돌아가셨습니다. 아마 어머니

께서는 만족하셨을 겁니다."

　살림이 그다지 넉넉하지 못했던 그레고리는 관리비가 싼 게이츠헤드의 묘지에 어머니를 묻었다.

　"언제나 내 무덤 앞에 꽃이 있게 해 줄 수 있겠니? 들꽃도 좋고 이름 없는 꽃 한 송이라도 좋다. 그렇게만 해 준다면 나는 편안히 잠들 수 있을 것 같구나."

　그 같은 유언에 따라 그레고리는 어머니가 돌아가신 뒤, 일주일에 한 번씩 무덤에 찾아와 성묘를 하고 꽃을 바치는 일을 잊지 않았다. 그런데 괴이한 일이 생겨난 것이다.

　'이상하군! 어째서 이런 일이……'

　그는 그 날도 어김없이 어머니 무덤에 성묘를 하러 왔는데, 무덤 앞에선 그는 두 눈을 크게 뜨며 머리를 갸우뚱했다. 상식적으로는 생각할 수 없는 광경이 눈 앞에 벌어지고 있었기 때문이었다.

　'장미꽃이 전혀 시들지 않았어……'

　그는 지난주에 회사의 일로 출장을 갔었기 때문에 어머니의 무덤에 들르지 못했다. 따라서 어머니의 무덤 앞에 놓여져 있는 장미는 2주일 전에 자기가 놓고 간 꽃이 분명했다. 2주일 전의 장미라면 당연히 시들어 있거나 말라 죽어 보기 흉한 모습이어야 했다.

　그런데 시들어 있기는커녕 빨강, 노랑, 오렌지색 장미꽃은 모두 2주일 전에 놔두었을 때의 싱싱한 모습을 그대로 유지하고 있었다. 꽃잎은 윤기까지 흘러 마치 금방 온실에서 잘라 온 것 같았다.

　'누군가 새 장미를 놓고 간 것일까?'

　처음 본 순간에는 그렇게 생각했는데, 장미 꽃다발을 묶은 끈은 집에서 가지고 온 것이 분명했다. 반신반의하던 그는 결국 관리실에 가서 혹시 어머니의 무덤에 찾아온 사람이 있었느냐고 묻게 되었다.

182

“댁의 어머니 무덤에 말인가요? 아뇨, 아무도 오지 않았어요. 그 무덤은 여기서 잘 보이니까 누가 왔었다면 제가 모를 리 없지요. 당신 외에는 찾아온 사람이 하나도 없어요.”

관리인은 확실하게 대답했다.

그레고리는 이상하다고 생각하며 어머니 무덤 앞에 놓여 있던 장미를 새로 가져간 카네이션으로 바꿔 놓고 묘지를 떠났다.

일주일 후 또다시 어머니의 무덤을 찾은 그는 외마디 소리를 질러야 했다.

‘아니 이럴 수가…….’

시들어 있어야 할 카네이션이 윤기를 머금은 채 화려한 핑크빛을 자랑하며 그를 맞이했던 것이다. 물이 들어 있는 꽃병에 꽂아 둔 것도 아닌데……. 그 꽃은 분명히 그레고리가 일주일 전에 놓고 간 카네이션이었다. 그런데 그 꽃은 조금도 시들지 않은 상태였다.

‘어머니가 꽃에 생명을 불어넣으시는 걸까?’

그 순간 그레고리는 꽃을 목숨처럼 소중히 여겼던 어머니가 무덤 앞의 꽃이 시들지 않도록 천국에서 생기를 불어넣고 있는 것이라고 생각했다.

‘내 아들아, 늘 꽃을 가져다주어 고맙구나. 나 대신 이 꽃의 생명은 영원해야 한단다.’

그레고리는 그 무덤 속의 어머니가 그렇게 말하는 것 같아서 가슴이 뭉클해졌다.

메리 할머니의 허름한 무덤은 그 후에도 변함없이 일년 내내 시들 줄 모르는 꽃들에게 둘러싸여 묘지를 찾는 사람들의 시선을 끈다고 한다.

■ 눈물 흘리는 재클린의 초상화

아마추어 화가가 그린 재클린 오나시스의 초상화가 눈물을 흘리고
있다는 것이 알려져 화제다. 생전에 재클린이 사랑했던 남자들의 기
일이 되면 초상화가 눈물을 흘린다는 것이다.

미술애호가 엘리스 웨스팅 하우스(47)가 한 경매에서 45달러를 주
고 이 초상화를 산 것은 2000년 6월 28일이었다. 그녀는 이 초상화가
아마추어의 작품인 만큼 그림 솜씨는 그리 뛰어나지 않았지만 어쩐
지 심금을 울렸기 때문에 선뜻 낙찰받았다.

집으로 가져와 깨끗이 손질하여 액자에 끼워 벽에 걸었을 때까지
만 해도 이 초상화는 단순한 그림에 지나지 않았다.

하지만 2000년 7월 15일, 엘리스는 처음으로 그림 속의 재클린이
눈물을 흘리는 모습을 목격했다. 이 날은 1999년 재클린이 사랑했던
아들 존이 비행기 사고로 죽은 바로 그 날이었다. 하지만 초상화에서
물기를 발견한 엘리스는 언니나 아들의 단순한 장난일 것이라고 생
각하며 무심히 지나갔다고 한다. 그런데 2000년 11월 22일, 초상화
속의 재클린 또 다시 눈물을 흘리고 있었다는 것이다.

그 날은 1963년 재클린의 남편이었던 케네디가 댈러스에서 권총을
맞고 사망한 날이었다. 당시 엘리스의 집에는 자기 외에는 아무도 없

었기 때문에 누군가의 장난이라고 생각할 수도 없었다. 이상하게 생각한 엘리스는 그림의 물기를 손에 묻혀 맛을 보았다. 약간 짭짤했다.

엘리스는 그 후부터 매일 그림을 살펴보았다고 한다. 그러다가 또다시 재클린의 초상화가 눈물을 흘리는 것을 보게 되었다. 그것은 케네디 사망 후 한때, 재클린과 염문을 뿌렸던 바비 케네디가 암살당한 6월 6일에 발생한 일이었다.

엘리스는 서둘러 그림의 물기를 면봉에 묻혀 실험실로 보내 검사를 의뢰했다.

며칠 뒤 실험실에서 보내 온 보고서를 읽던 엘리스는 "머리카락이 쭈뼛 서는 것을 느꼈다"고 한다. 검사한 결과, 그 물기는 사람의 눈물이라고 본다는 것이었다. 마침내 엘리스는 초상화 속의 그림이 그녀가 사랑했던 남자들의 기일이 되면 항상 눈물을 흘리는 게 틀림없다는 결론에 이르렀다.

하지만 어찌 된 일인지 그녀의 두 번째 남편 아리스토틀 오나시스의 기일인 3월 15일에는 초상화가 눈물을 흘리지 않았다고 엘리스는 전했다.

▍재연된 30년 전의 교통 사고

1956년 12월 어느 날 저녁 때 남아프리카에서 발생한 이야기이다. 변호사인 워비리 샤다페는 애인을 만나기 위해 세차게 쏟아지는 빗줄기를 뚫으며 케이프 타운에서 기네스로 통하는 산간도로에서 차를 몰고 있었다.

밤 11시경이었다. 샤다페의 자동차가 깎아 내린 듯한 벼랑을 끼고 산을 내려가고 있었는데, 인척이 끊긴 도로의 전방에서 갑자기 자동차 헤드라이트 불빛이 반짝였다.

"앞서 달리는 차가 없었는데 어디서 나타난 거지?"

혼잣말로 중얼대던 샤다페는 이상하다는 생각이 들었지만, 이내 운전하는 데에만 열중했다.

앞차의 속도는 너무나 느렸기에 갈 길이 급한 샤다페를 짜증나게 만들었지만, 도로가 비 때문에 미끄러웠기 때문에 하는 수 없이 그 뒤를 따라야 했다.

"어, 안돼!"

샤다페가 조심스럽게 차를 몰면서 추월할 기회를 엿보고 있는데 앞에서 가던 차가 갑자기 오른쪽으로 도로를 벗어나더니, 다음 순간 벼랑 아래로 떨어졌다.

"이걸 어떻게 하지. 큰일 났군!"

의외의 사고를 목격한 샤다페는 즉시 차를 멈추고 뛰어나와 벼랑 가로 달려가 상황을 살폈다. 아래에서 살려달라는 소리가 들리는 것 같기에, 그는 차에서 손전등을 찾아 비추면서 계속 아래를 향해 내려 갔다.

"세상에! 이럴 수가……."

가까스로 현장에 도착한 샤다페의 입에서는 자신도 모르는 사이에 탄식이 새어나왔다. 그 광경은 너무나 처참했다. 차는 완전히 부서져 있었고 차를 몰던 남자와 부인으로 보이는 여자, 그리고 두 아이는 이미 숨져 있었다. 남자에게 꼭 안겨 있는 소녀만이 겨우 숨이 붙어 있을 뿐이었다.

당황한 샤다페는 너무나 혼란스러웠으나 곧 정신을 가다듬고 소년 시절에 배운 구급법을 생각해 냈다. 그는 소녀를 밖으로 끌어낸 뒤에 손수건을 꺼내 상처를 조심스럽게 감쌌다. 그러는 동안 그의 손과 옷 은 피투성이가 되었고 온몸은 곳곳에 유리 파편에 찔려 상처를 입었 다.

간단한 응급 조치를 끝내고 도로로 올라온 샤다페는 차를 몰아 산 아래 마을의 경찰서로 달려와 구조를 요청했다.

"여깁니다! 여기."

경찰들과 함께 다시 사고 현장으로 달려와 벼랑 아래를 가리켰다. 한데 그 곳에는 아무것도 없었다.

"아니! 차가 추락한 곳이 분명히 이 곳인데…… 어떻게 된 것일까?"

"이것 보시오. 아무 것도 없잖소. 당신 지금 장난을 하고 있는 거 요?"

"이…… 이럴 수가, 분명히 부부와 두 아이는 죽어 있었고 한 여자 만 피투성이가 된 채로 살아 있었는데……."

샤다페가 경찰들과 함께 돌아오는 동안 현장에 있었던 차의 잔해와 시체들과 부상당한 소녀가 모두 흔적도 없이 사라진 것이다. 도로 바닥에는 샤다페의 차 바퀴 흔적만 남아 있었다.

샤다페가 헛것을 본 거란 말인가. 그렇다면 샤다페의 온몸에 묻어 있는 피는 어떻게 설명해야 하는 것일까?

진상을 밝히기 위해 경찰들은 사고 현장을 샅샅이 조사했다. 그들은 샤다페가 소녀의 상처를 감싸 주었던 손수건만을 찾았을 뿐, 자동차의 잔해와 시체는 끝내 찾아내지 못했다. 결찰에서는 샤다페가 뭔가 잘못 본 것이라면서 산에서 철수했다. 그러나 자신이 목격한 것이 결코 헛것이 아니라고 확신하고 있던 샤다페는 날이 밝으면 직접 찾아 보겠다고 마음먹었다.

이튿날 새벽, 한 경찰관이 샤다페가 묵고 있는 호텔에 찾아와, 어제의 교통사고는 바로 30년 전에 일어났던 사고였다고 말했다.

"그게 도대체 무슨 이야기입니까?"

"30년 전인 1926년 그 날도 어제처럼 세찬 비가 퍼부었다고 합니다. 그 때 헤로가스라는 남자가 가족을 태우고 그 곳을 지나다가 그만 산 아래로 굴러 떨어졌는데 모두 죽고 16살 난 딸아이만 창문으로 기어 나왔죠. 그러나 그 애는 100미터 정도 기어가다가 결국 죽었다는 겁니다. 어제의 상황과 똑같지 않습니까?"

"그렇다면 제 몸에 묻은 피는 어떻게 된 거고, 손수건은 또 뭡니까?"

"글쎄요. 저희도 그게 영 풀리지 않는 의문이기는 하지만 사고의 흔적도 없고, 손수건도 그대로 있지 않습니까?"

그의 말대로였다. 전 날 밤에 사용한 그 손수건은 그의 바지 주머니에 고스란히 있었고 손에 생긴 상처도 하룻밤 사이에 완전히 아물어 흔적조차 찾을 수 없었다.

　하지만 샤다페는 분명 30년 전의 그 교통사고를 보았다고 확신하지 않을 수 없었다.

▌ 환자를 치료하는 '수녀의 초상화'

한 수녀가 죽은 뒤에도 기적의 치료 능력을 발휘하고 있어 화제가 되고 있다. 15세기에 사망한 시칠리아 출신의 수녀는 1997년 현재까지 32명의 생명을 구한 것으로 알려져 있다.

교황 요한 바오르 2세는 최근 10만 명이 넘는 신도들이 운집한 가운데 유스토키아 칼라파투라는 이 수녀를 성녀로 추앙하겠다는 뜻을 밝혔다.

이 수녀의 성녀 추앙이 이처럼 관심을 끄는 이유는, 그녀가 생전에 많은 환자들의 생명을 구했을 뿐만 아니라 죽은 뒤에도 자신의 초상화를 통해 죽어 가는 환자들을 치료했기 때문이다.

바티칸 교황청의 관계자는 지난 1984년에도 이 같은 놀라운 치료가 있었다면서 그 실례를 들었다.

로테리오 망가노(64세)라는 노인이 그 이야기의 산 증인이다.

그는 당시 남부 이탈리아에서 많은 사망자를 내면서 맹위를 떨친 바이러스에 감염되어 며칠 동안이나 혼수 상태에 빠져 사경을 헤매고 있었다.

메시나에 있는 한 병원에 입원해 있던 그는 소생할 가망이 없다는 의사들의 말을 듣고 집으로 되돌아왔다.

딸과 아내 등 가족들은 절박한 심정이 되어 거실 벽에 전부터 걸려 있는 유스토키아 칼라파투 수녀의 초상화를 바라보면서 간절하게 기도를 올렸다. 그리고 놀라운 일이 벌어진 것이다.

함께 있으면서 그 광경을 지켜 보았던 시아피나 박사는 당시의 상황을 이렇게 설명했다.

"그들이 기도를 드리고 몇 시간이 지났을 때…… . 그 노인이 커피를 한 잔 달라고 했습니다."

로테리오 노인의 주치의인 피에트로 박사도 놀라기는 마찬가지였다.

"도저히 믿을 수 없는 일이 있어났습니다. 현대 의학으로는 설명이 불가능한 일이 일어난 거지요."

하지만 교회 관계자들은 그것은 그처럼 놀랄 일이 못 된다면서, 그 같은 기적은 지난 450년 동안 이어져 왔다고 밝혔다.

더욱 놀라운 일은 수녀원에 있는 그 수녀의 시체가 부패하지 않은 채 마치 살아 있는 것 같은 상태로 안치돼 있다는 점이다. 최근에는 교황이 그 수녀원을 방문해 수녀의 관 앞에서 무릎을 꿇고 기도를 드렸다고 한다.

▌큰 구렁이가 갓난아기를 꿀꺽!

"앗! 그—그러지 마!"

미국 플로리다 주 마이애미에 위치한 한 집 안의 거실에서 이 집의 주인인 스코트(34세)의 절규가 울려 퍼졌다. 2미터 거리밖에 안 되는 바로 눈 앞에서 놀라운 광경이 벌어지고 있었기 때문이다.

거실에서는 생후 2개월째인 어린 아들 빌이 바닥에 깔린 모포 위에서 편안히 잠자고 있었다. 스코트는 갑자기 허기가 느껴져 과자를 가지러 부엌으로 갔었다.

그런데 되돌아온 그의 발이 그 자리에 얼어붙었다.

집에서 애완 동물로 기르고 있는 큰 구렁이 '가스'가 입을 크게 벌리고 갓난아기 빌을 발끝에서부터 삼키려 하고 있는 것이 아닌가!

"가스, 이게 무슨 짓이야. 그러지 마! 저리 가!"

하지만 주인의 명령을 무시한 가스는 혀를 날름거리며 빌의 양다리부터 통재로 집어삼키기 시작했다.

스코트가 어쩔 줄을 몰라 하면서 쩔쩔매고 있는 사이에 빌의 다리와 허벅지, 그리고 허리 근처까지가 모두 삼켜져 들어갔다.

"무슨 짓이야. 빌은 네 먹이가 아냐."

스코트는 큰소리로 외치면서 황급히 부엌으로 가 그 곳에 있는 식칼을 움켜쥐었다.

거실로 돌아온, 그는 몸을 굽이치며 꿈틀거리고 있는 가스를 덮쳤다. 크게 벌린 뱀의 입에 날카로운 칼날을 박고는 혼신의 힘을 다 해서 단숨에 베어 내려갔다.

"치잇―."

비린내 나는 점액이 섞인 피가 사방으로 튀면서 가스의 옆구리가 길게 찢어졌다. 스코트는 하반신이 뱀 속에 들어 있던 빌을 꺼내고는 가스의 머리를 칼로 열 번 스무 번 찍어 내렸다. 큰 구렁이는 축 늘어지면서도 계속해서 꿈틀거리고 있었다.

스코트는 빌을 안은 채 차를 몰아 병원으로 직행했는데, 천만다행으로 가벼운 찰과상으로 끝나서 안도의 한숨을 내쉬었다.

만일에 거실로 되돌아간 시간이 1분만 늦었다면……. 그런 생각을 하면 지금도 몸서리가 쳐진다고 스코트는 다시 말했다.

항상 우리 안에 넣어 기르던 가스였는데, 그 날은 깜박 잊고 문을 잠그지 않았기 때문에, 우리에서 빠져 나온 가스가 먹이를 찾아 집안을 돌아다니고 있었던 것이다.

"시장에서 돌아온 아내는 가스가 찢겨져 죽어 있고 나와 빌이 없어진 걸 알고는 정신 착란 상태가 되어 있더군요. 이제 두 번 다시 그런 경험을 해서는 안 되겠죠."

Mose(france)

8.
이런 이야기를 아시나요?

■ '홍길동의 무덤' 일본에 있다

　15세기 말 탐관오리와 부패한 권력층에 대항, 농민들과 일반 민중들을 위해 싸웠던 의적 홍길동. 그의 실제 삶을 정확히 역사적 고찰과 유적을 토대로 조명한 연구논문이 발표돼 화제다. 연세대학교 국학연구원 설성경 교수팀은 지난 97년 5월부터 5개월간의 현장조사와 연구를 통해 전남 장성에서 태어나 일본 오키나와에서 사망할 때까지의 일대기를 그대로 그려냈다. 지난 74년 변시연 씨에 의해 홍길동의 실존 사실이 공개된 지 23년만의 일이다.

　1470년 경 전남 장성 아치실. 홍길동의 생가 마당에 서서 앞을 바라보면 거대한 무등산이 활개를 펼치듯 마주 보이고, 신비스런 능선의 전경이 눈 안에 안겨 들어온다.

　이 곳에 유배된 홍상직은 무등산을 삼키는 꿈을 꾼 뒤 시비와 정을 통해 홍길동을 낳았다. 태어난 배경에 대해서는 또다른 이야기도 있다. 홍상직에게 후실로 들어온 낭자가 홍 씨를 낳았다는 것.

　조금씩 다르지만 이 둘 모두 서자라는 점에서는 일치하고 있다. 홍길동에게 적서 차별의 아픔은 뼈저리게 다가왔다. 명문 양반가의 자제이면서도 서자라는 이유로 중인으로 전락했고, 이어 서얼 차별법이 만들어져 과거 응시 조차 할 수 없게 된 것이다. 극심한 적서의 차별 대우를 이기지 못한 홍길동은 당시 체제에 대한 새로운 도전을 시작했다.

당시 성종은 1467년 호전과 형전을 공포하고 부역과 공물, 전세 등 각종 착취제도를 내세우며 백성을 탄압했다. 이는 농민운동인 이시애의 난이 발생하면서 권력의 누수와 기강 해이를 막고 왕권을 강화하기 위했던 것.

홍길동은 가출한 후 스승 학조대사를 만나 불교와 도학을 공부하면서 충청도 지방을 중심으로 반체제적인 구민 활동과 활빈 활동을 본격적으로 펼쳐나갔다. 공주시 사곡면에 홍길동성을 만들어 놓고 탐관오리들과 부패한 양반들을 응징하기도 했다.

비슷한 시기인 1469년 무안 출신의 장영기가 전남 광주와 나주, 영암 등지에서 농민저항운동을 벌였으며, 이러한 운동은 전라도 다른 지역과 경상도까지 확산돼 갔다.

홍길동은 장영기의 농민군에 합세, 정부의 토벌군에 맞서 싸웠다. 정부 토벌군은 아무런 손도 쓸 수 없었다. 결국 농민군은 남해안의 여러 섬과 해안지대에 새로운 군락을 형성하고 농업과 어업으로 생활해 나갈 수 있게 됐다.

한동안 평화로운 시간이 지났다. 그런데 1485년 전라도 관찰사 한건에 의해 이 평화가 깨졌다. 명예욕이 강했던 한건이 남해안에 살던 농민군을 갑자기 폭도로 몰아 강경 진압에 나선 것이다.

홍길동은 다시 시작된 관군의 폭력에 대항, 재무장 투쟁을 선언하고, 한건이 보낸 정부 토벌군을 전멸시켜 버렸다. 또 전라도 백성들에게서 수탈해 정부에 상납되던 전세미도 빼앗아 되돌려 주기도 했다.

전남 남해안 섬과 인근 해안을 거도선을 타고 누비면서, 5일마다 정기적으로 열리는 시장을 이용해 긴밀한 연락을 취했다. 그러다 여러 곳에서 동시다발적으로 토벌군을 공격해 극도의 혼란에 빠뜨렸다. 이들의 생명은 철저한 정보보안. 이 때문에 당시 장사꾼들 사이에서는 맹세하는 구호로 '홍길동'을 사용하기도 했다.

홍길동 부대는 벼슬아치들이 타고 다니는 배를 습격해 바닷물 속에 가라앉히고, 악질 탐관오리와 지주들의 집을 습격해 불지르기도 했다. 영향력은 점점 넓어졌다. 1489년에는 전남 남포를 중심으로 영광, 함평, 무안, 나주 등을 비롯, 인근 남해안에 퍼져 있는 얼외섬, 병풍섬, 시루섬, 모야섬, 고이섬 등까지 활동범위가 커졌다.

그러다 1500년 경 토벌군의 기습공격으로 근거지인 섬에 돌아가지 못하고 지리산으로 밀려들었다. 하지만 홍길동의 세력은 공주지역의 성을 장악하면서 충남일대를 휘젓기 시작했다. 그러나 정부 토벌군도 만만치 않았다.

하지만 전국에 가짜 홍길동들이 나타나 정부 토벌군이 진짜 홍길동을 검거하기는 무척 어려웠다.

홍길동은 지리산 근처 임실 평당원에서 토벌군에 쫓겨 잠적한 후 얼마 지나지 않아 결국 검거돼 의금부로 끌려오고 말았다. 지방의 도둑들과 결탁해 관아를 침범하고, 당상관의 복장을 입고 당상관 행세를 한 혐의로 '강상죄'가 적용됐다. 이 때가 연산 6년, 1500년 10월 22일의 일이다.

영의정 한치형은 의금부에서 홍길동을 심문했으나 조선왕조의 체제를 부정한 모반죄 혐의를 밝히지 못하고 강상죄를 적용할 수밖에 없었다. 다시 모반죄는 사형이었던 반면 강상죄는 비교적 가벼운 형량이 부과됐다.

홍길동은 결국 유배형을 받아 제주도로 끌려내려 갔다가 추종 세력들과 일본 오키나와 열도 남서부의 작은 섬으로 도망쳤다. 추운 겨

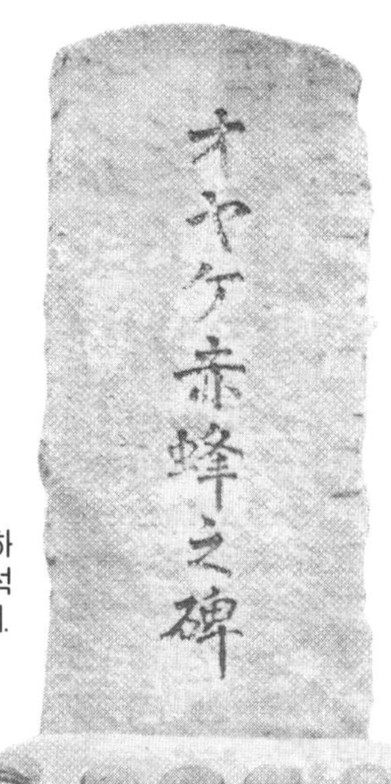

▶ 홍길동은 일본에서 「아까하지」라는 이름으로 불렸다. 「석원도」에서 세워진 홍길동 묘비.

▲ 홍길동 일생의 최초 정착지로 알려진 파조간도의 마을 입구.

▲ 「파조간도」와 「석원도」 등지에 축조된 성의 모습. 충남 공주와 전남 일대의 성과 흡사한 형태로 돌들이 쌓여 있다.

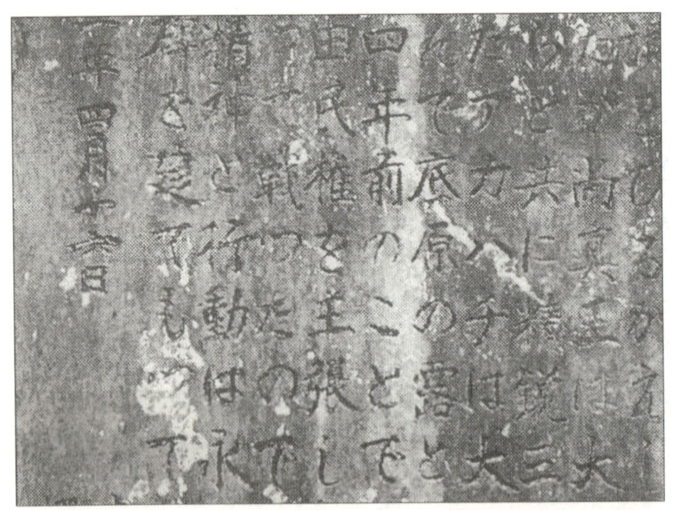

▲ 홍길동의 비석에는 「자유민권」이라는 글씨가 또렷하게 새겨져 있다.

울 살을 에는 바닷바람을 돗 삼아 수 십여 일간의 뱃길을 헤쳐 오키나와 열도의 최남단 '파조간도'에 도착한 것이다.

이 곳에서 홍길동은 '아까하지'라는 새로운 이름을 사용했다. 당시 함께 들어온 장영길은 '장전'으로 통했다.

홍길동은 1천여 명의 원주민을 이끌고 불모지인 이 섬을 개척하기 시작했다. 특히 봉건제도를 없애고 자유민권을 주장하면서 인근 섬으로 활동영역을 넓혀갔다. 그의 용맹은 석원도, 구미도, 궁길도 등을 정복, 민주주의를 정착시켜 나갔다. 홍길동은 「인정을 베풀고」「늙은 이를 존경하고」「어린이를 아끼고 보호」하는 인물로 평가받았다

현종조 순양자 황윤석의 《보해동이적》에 홍길동의 행적을 담은 기록이 있다.

"옛적에 들자니, 국조 중엽 이전에 홍길동이란 자가 있었는데 재상 홍일동의 서자 동생이다. 재기를 믿고 스스로 호탕해하였으나 과거를 보아 청환과 현직을 맡는 것이 허용되지 않는 국법에 구속되어 하루 아침에 홀연히 도망갔었다. 뒷날 명나라로부터 돌아온 사신이 있어 말하기를 '해외 어느 나라의 사신이 왕의 표문을 가지고 북경에 이르렀는데 왕의 성 씨가 길동이의 성을 바꿔 그런 것이 아닌가 의심스러웠다. 길동이가 홀연히 혼자 말을 타고 와서 일동을 뵙고 장수를 기원하여 술잔을 올리며 여러 날을 묵다가 장차 떠나가며 말하기를 "이로부터 두 번 다시는 오지 않을 것입니다." 하고는 가버렸다. 그 예의에 맞는 행동거지와 용모는 두 번 다시는 다른 사람 아래에 있을 자가 아니었으니 반드시 해외에 도망가 스스로 왕이 되었을 것이다."

홍길동은 일본 오키나와 이대를 부국으로 만들어 다스려 오다 조용히 눈을 감았다. 그리고 그의 넋을 담은 묘비만이 그 자리에 남아 있다.

█ 율 브리너의 무덤

　무덤이 호화롭다고 고인에 대한 평가나 기억이 달라지지는 않는다. 그렇지만 고인의 생애에 비해 너무 초라한 무덤은 보는 이들을 쓸쓸하게 만든다. 최근 발견된 명배우 율 브리너이 무덤 또한 마찬가지

　《왕과 나》《황야의 7인》등 다수의 영화에서 강렬한 눈빛과 타고난 연기력으로 전 세계 영화팬들을 사로잡았던 그가 세상을 떠난 것은 1985년 10월 10일. 그런데 이상하게도 65세의 나이에 숨을 거둔 톱스타의 무덤은 어디서도 찾아 볼 수가 없다. 그렇게 10여년 이상 모습을 감췄던 그의 무덤이 최근 프랑스 중부의 한 수도원 정원에서 초라한 모습으로 발견돼 팬들을 가슴 아프게 하고 있는 것이다.

　도대체 어떻게 해서 율 브리너는 프랑스에 묻히게 됐으며 왜 지금까지 그 위치가 알려지지 않았던 것일까. 율 브리너의 무덤을 최초로 공개한 근착 미국의 주간 『내셔널 인콰이어러』지는 이 같은 궁금증에 답하듯 스타의 사후를 추적했다.

　당시 율 브리너는 뉴욕 코널 메디컬센터에서 눈을 감은 뒤 그대로 묻히지 않고 한줌재로 변해 그의 성이 있는 프랑스 노르망디로 옮겨졌다. 예정대로라면 생전에 자신이 아끼던 성 한 쪽에 묻힐 그였으나 일이 이상하게 꼬여버렸다. 이 성의 소유주였던 네 번째 아내 케이시리가 이미 성을 팔아버렸던 것이다.

그의 성 가까이에 살던 한 주민은 "케이스는 프랑스를 떠날 채비를 하고 있었으나 남편만은 그가 그토록 사랑했던 프랑스땅에 남겨두려 했다."고 전했다. 여유자금이 별로 없던 케이스는 율 브리너가 믿던 러시아 정교 교회쪽을 수소문했고 여러 곳을 헤매다 결국 투르시 근처의 자은 수도원을 발견했다. 9인의 수도사드은 케이스의 청을 받아들여 마당 한쪽에 그를 묻고 자그마한 비석도 세워주었다.

수도사들이 직접 소를 키우고 치즈를 만들어 팔아 검소한 생활하는 이 곳은 허름한 시골 농가를 연상시킨다. 율 브리너는 소들이 풀을 뜯어먹는 앞마당 한구석에 쓸쓸히 묻혀 비바람을 맞고 있다.

이 무덤이 세상에 알려지지 않았던 것은 수도사들이 율 브리너가 '스크린의 별'이었다는 점을 까맣게 몰랐기 때문. 케이시에게서 위대한 배우라는 소리를 듣기는 했어도 정작 그가 출연한 영화를 본 수도사는 아무도 없었기에 그저 그런가보다 하고 흘려버렸다.

「율 브리너 1920년 7월 11일~1985년 10월 10일」. 그를 추억하며 찾는 이 하나 없이 대스타의 비석은 이렇게 외로이 10여년 세월 속에 서 있었다.

▮ 영원한 수수께끼인가?

'아인슈타인이 천재였던 이유는?'

정답은 '아무도 모른다'. 아인슈타인이 죽은 뒤 47년이 지난 지금까지 그 누구도 조각난 아인슈타인의 뇌에서 그 해답을 찾아내지 못했으므로.

97년 10월 28일자 미국의 주간 선지는 20세기를 빛낸 천재 물리학자 아인슈타인의 뇌가 마치 그림맞추기 퍼즐처럼 200여 개의 조각으로 나눠져 항아리 속에 보관돼 있으며 각국의 과학자들이 이 뇌의 비밀을 풀어보고자 노력했으나 아직까지 뾰족한 답을 얻지 못했다는 소식을 전했다.

아인슈타인의 뇌가 보관돼 있는 곳은 뉴저지 주 프린스톤에 있는 토마스 S 하비 박사의 연구실. 정확히 47년 전 상대성 이론을 제창한 천재과학자가 76세의 나이로 세상을 떠난 뒤 그를 부검했다는 의사가 토마스였다.

당시 아인슈타인의 시신은 비밀리에 화장돼 뿌려졌는데 토마스가 좀더 연구하고 싶다며 뇌만은 남겨 줄 것을 가족들에게 당부, 가족들이 이에 동의함으로써 토마스는 천재의 뇌를 손에 넣게 됐다.

"연구를 위해 뇌를 200여 개로 조각냈고 그 뒤로 40여 년째 제가 맡아 오고 있습니다. 사람들은 아직도 갖고 있느냐며 놀라곤 하지요.”

아인슈타인의 뇌조각들은 그동안 연구를 위해 독일을 비롯해 호주 일본 등 세계 각국으로 보내지기도 했다. 하지만 지금까지 인류 역사상 가장 뛰어난 두뇌를 만든 결정적인 요인에 대한 궁금증은 풀리지 않은 상태.

물론 그 동안 아인슈타인의 뇌를 연구해 본 결과 일부 과학자들은 나름대로 추론을 끌어내기도 했다. 캐나다 연구팀의 경우 뇌의 일부가 여느 사람에 비해 다소 크다는 사실을 발견했으며 미국 캘리포니아의 연구팀은 신경세포를 돕는 ‘글루셀’의 숫자가 보통보다 많아 뇌의 활동을 보다 활발하게 했을 것이라는 나름의 결과를 발표한 바 있다. 그런 아린 결과들만으로 천재적인 두뇌의 비밀이 풀리기에는 역부족이라는 것이 학계 전반의 반응이다.

“아마도 이 뇌의 아인슈타인의 신체 중 유일하게 남아 있는 장기일 것입니다. 때문에 이 뇌를 5만달러(4천 5백만원)에 사겠다는 신경 전문의도 있었지요.”

그렇지만 수수께끼가 풀릴 때까지 이 뇌를 절대로 팔 수 없다고 토마스 박사는 잘라 말한다. 언제 그 답을 얻게 될 지는 모르지만 비밀이 이 항아리에 담겨있는 것만은 분명하다고 믿기 때문이다.

■ "모나리자는 고급 콜걸이었다"

'모나리자는 매춘부였다'

신비의 미소를 머금고 현재 루브르 박물관에 걸려 있는 레오나르도 다빈치의 걸작, 《모나리자》의 모델이 르네상스 시대의 유명한 고급콜걸이었다는 주장이 제기돼 화제가 되고 있다.

97년 10월 7일자 미국의 『월드뉴스』지에서 이처럼 충격적인 주장을 펴고 있는 사람은 나폴리 대학의 저명한 교수인 카를로 베치. 베치 교수는 특히 모나리자의 그 평온하게 느껴지는 신비한 미소에 대한 원동력으로 바로 '섹스'를 지적. 지금까지 알려진 모나리자의 미스터리를 한꺼번에 뒤집었다.

그 동안 모나리자의 모델은 다빈치가 짝사랑한 고귀한 신분의 부인이라는 설이 높은 설득력을 얻으며 정설처럼 알려져 왔다.

실제 베치 교수의 모나리자에 대한 처음 출발은 여기였다. '고귀한 신분의 어떤 부인이었을까'를 레오나르도 다빈치의 일기와 편지 등을 추적해 가던 베치 교수는 뜻밖의 사실을 확인했다. 다빈치 제자들 중의 한 사람이 남긴 노트 속에서 모나리자의 모데이 1491년 나폴리에서 출생한 이사벨라 구아란디 양이라는 사실을 발견해 냈던 것이다.

뛰어난 미인이었던 이 여인은 당시 고급 매춘부로 바티칸 궁전의 대다수 권력층의 남자들과 관계를 가졌을 뿐만 아니라 교황 레오 10

세의 친동생인 지울라노드 메디치와도 진한 염문을 뿌려 화제가 됐던 인물.

즉, 베치 교수의 주장은 모나리자의 모델은 다름 아닌 미모의 이 고급매춘부 구아란디 양이었으며 그림의 의뢰인은 바로 교황의 동생 지울라노였다는 것이다.

특히 베치교수는 지울라노가 뭇 사람들의 이목과 다빈치의 사회적 입장을 고려해 바티칸에 비밀 화실을 마련해 두고 그를 초청, 자신의 정부를 그리도록 했을 것이라고 주장했다.

또한 다빈치로 하여금 어느 누구에게도 그림의 주인공이 누구인가를 발설하지 말도록 명령, 이후 몇 백년이 지나도록 모나리자의 수수께끼가 이어지게 됐다고 밝혔다.

물론 다빈치도 자신의 명성에 걸맞지 않게 매춘부를 그렸다는 자격지심에 더더욱 모나리자에 관해서는 그 어떤 내용도 함구, 모나리자에 대한 의혹과 신비함을 더하게 됐다고 덧붙였다.

▉ "뉴턴은 연금술사였다"

영국의 위대한 수학자이자 물리학자인 뉴턴(1642~1727)이 단순한 과학자를 벗어나 마법사였다는 주장이 제기돼 화제다. 97년 11월 18일자 미국의 주간 선지는 최근 그에 대해 발표된 연구내용을 인용하면서 그가 중세의 연금술을 연구했던 연금술사였다고 전했다. 연금술은 중세 때 널리 유행했던 것으로 강철과 같은 금속에 어떤 변성을 가하면 금이나 은으로 바꿀 수 있다는 믿음으로 당시 많은 과학자들이 여기에 빠져들었다.

하지만 연금술은 중세뿐 아니라 뉴턴의 시대에도 신의 의지에 도전하는 악마의 작업으로 인식돼 교회가 철저히 금지하는 것이었다.

실제로 당시에도 연금술을 연구하는 과학자들은 매우 심한 탄압을 받아 발견되는 즉시 교수형에 처해지곤 했다.

뉴턴을 이 같은 연금술사라고 주장한 이는 최근 《마지막 마법사, 뉴턴(Isaac Newtone.: The Last Socerer)》이라는 책을 쓴 마이클 화이트.

그는 이 책에서 뉴턴이 만유인력의 법칙을 발견한 것은 어디까지나 연금술, 즉 흑마술을 연구하던 끝에 얻은 부산물이었으며 더욱이 뉴턴은 이를 자신의 진짜 연구를 숨기는데 적절한 방패막이로 이용했다고 폭로했다.

　뉴턴의 일대기를 재검토, 책을 낸 화이트는 또 "사실 그는 어린 시절 큰 쇼크 때문에 매우 심한 신경증을 앓았는데 그 결과 연금술에 병적으로 집착하게 되었다."고 뉴턴이 연금술에 빠져들게 된 직접적인 동기를 밝혔다.

　그리고 저자 화이트는 뉴턴이 밤낮으로 이 금지된 실험을 계속하는 동안 우연히 만유인력까지 발견하게 됐다면서 지금까지 알려진 모든 과학적 상식을 뒤엎어 충격을 주고 있다.

　그러나 1687년 뉴턴은 우주와 중력에 관해 그의 의견을 발표한 유명한 노문《수학의 원리》를 출판하면서 당시 제기됐던 연금술적인 관점을 전혀 터무니없는 것으로 부인했던 기록을 남기고 있다.

■ 사후 31년만에 무너진 '노브라 신화'

세기의 여우, 마릴린 먼로의 유품인 젖가슴 패드와 머리털, 장례안내장 등이 뒤늦게 세상에 공개돼 지금까지 꿈처럼 간직돼 온 그녀의 '노브라 신화'가 절반가량 거짓이었음이 밝혀졌다.

관찰력이 예민한 사람이라도 사진 속의 패드가 실제모습과거의 차이가 없어 가짜로 만든 젖꼭지임을 눈치채지 못할 것이다.

그렇다.

그녀의 눈속임 작전은 그토록 정확하고 치밀했다.

먼로 사후 31년 만에 밝혀진 이 진상은 로스앤젤레스에 거주하는 알란 알버트(55)씨에 의해 구체적으로 공개됐다.

"스웨터를 입은 그녀의 가슴 부분에 볼록하게 젖꼭지가 솟아나온 영상이나 사진을 보고 세상남자들은 '먼로는 항상 노브라'라고 믿고 있었죠. 그러나 나이가 든 그녀의 가슴은 점점 늘어지기 시작했고 언제까지 노브라일 수는 없다는 걸 스스로 깨닫게 된 겁니다. 그래서 그간의 이미지를 소중히 여기던 먼로는 브래지어를 안에 착용하고 위에 이 패드를 부착, 노브라를 연출했습니다.

이렇게 설명하는 알버트 씨의 직업은 로스앤젤레스의 장의사업체 공동 경영자.

62년 8월 5일 먼로가 사망했을 때 그 장의를 직접 담당했던 사람이다.

　먼로 생전에 그녀의 전속 메이크업 아티스트였던 알란 스나이더가 장례당일 알버트씨에게 이런 사실을 들려주었다고 한다.

　알버트씨는 다시 이렇게 말한다.

　"내가 패드를 사용해 그녀의 가슴 크기를 조절하고 있을 때였어요. 그녀와 생전에 친했던 사람들이 '마릴린의 가슴은 그렇게 작지 않았어요. 좀 크게 만들어 주면 좋겠어요.'라고 했지요. 그래서 나는 솜으로 더욱 풍만하게 고쳐 만들었습니다. 그 때 이 패드는 쓰레기통에 버렸지만 나의 처우가 무언가 기념될 것이 있었으면…… 하는 바램에서 다시 주워 보관했던 것입니다. 머리털도 장례 당일 시신을 화장시키기 위해 잘라내어 쓰레기통에 버린 것을 다시 주워 놓은 것이고 안내장도 역시 마찬가지로 남아서 버린 것을 보관해 놓은 것.

　먼로는 이것 외에도 여러 개의 패드를 소유하고 있으면서, 때와 장소에 따라 거기에 맞춰 섹시한 용모를 장식해 왔다고 한다.

　젊음을 수반한 생생한 아름다움만을 보이고 싶어했던 먼로의 심정! 사랑스럽기도 하지만 애달픈 마음을 더 갖게 한다.

▌ 모차르트의 일부작품 '표절의혹'

18세기의 천재 음악가였던 볼프강 아마데우스 모차르트가 작곡한 일부 작품들이 표절이라는 사실이 처음으로 밝혀졌다.

이탈리아 음악학자 엔조 아마토는 최근 나폴리 음악학교 문서보관소에서 모차르트와 동시대 사람이었던 작곡가 파스콸레 안포시와 관련된 자료를 조사하던 중 모차르트의 《진혼미사》와 아주 흡사한 악보를 찾았다고 소개하고, 시기적으로 보아 안포시의 작품이 모차르트의 작품보다 16년 앞서 작곡됐음을 고려, 모차르트가 안포시의 작품을 표절했다는 결론을 내렸다고 발표했다.

아마토는 특히 《레퀴엠》 중 '저주받은 자를 부끄럽게 하시고'의 주제는 안포시의 《베네치아 교향곡》에서 따온 것임이 분명히 나타나 있으며, 모차르트는 안포시의 작품에서 단지 조(調)와 악기 구성만을 바꿨을 뿐이라고 주장했다.

아마토는 또 안포시가 오페라를 70여 편이나 작곡한 유명 작곡가였으며 모차르트도 안포시의 작품을 잘 알고 있었을 것이라고 주장하고, 《레퀴엠》뿐만 아니라 모차르트의 다른 작품인 《돈조반니》《마적(魔笛)》《피가로의 결혼》등에도 안포시를 표절한 흔적이 있다고 덧붙였다.

《레퀴엠》은 1791년 2월 프란츠 폰 발제크 백작이 부인과 사별한 슬픔에서 모차르트에게 작곡을 의뢰한 곡으로 당시 모차르트 자신도 건강이 극도로 나빠 작곡을 끝내지 못하고 그 해 12월 세상을 떠남으로써 제자인 프란츠 쉬스마이어가 모차르트가 생전에 내린 지시에 따라 작곡을 마쳤다.

아마토는 모차르트가 생전에 놀라울 정도의 다작(多作)을 남긴 천재였던 것은 분명하지만 당시 견디기 힘든 압박을 받던 상황에서 안포시의 작품을 표절했을 것이라고 설명했다. 사실 모차르트는 1791년 9월에 《마적》, 10월 《클라리넷 협주곡 K622》, 죽기 직전 《프리메이슨 칸타타 K623》을 작곡했다.

이탈리아 음악평론가 산드로 카펠레토는 라스탐파지에 기고한 글에서 모차르트가 표절 사실 자체를 의식하지 못했을 것이며, 당시는 오늘날처럼 저작권 개념이 없었기 때문에 음악가들이 남의 작품 중에서 좋은 부분을 따와 자신의 작품에 사용하는 것이 일반적이었다고 설명했다.

▌탈옥의 명인

　탈옥의 명인이라고 할 만한 사람은 브라질의 대은행강도인 미모조다. 전 프로 축구 선수로서 구미 각지를 전전했던 일류 프로선수였으나 어디가 잘못되었는지 경찰에 추적당하는 신세가 되었다.

　범행한 죄가 180건, 징역 시간의 합계는 398년, 악당의 기록으로서는 기네스급이다.

　미모조는 몇 차례나 체포되었으나 그 때마다 탈옥을 되풀이했다. 축구로 단련된 체력과 뛰어난 운동 신경으로 상어가 우글거리는 바다에 떠 있는 그랑데 섬 교도소에서도 거뜬히 탈옥하곤 했다.

　플로리다 폼파노비치 형무소에 강도가 들어온 일이 있었다. 그 강도는 잡범인 죄수들에게 총을 겨누고 그들의 현금과 팔목시계, 스테레오, 라디오 등을 강탈 유유히 사라져 버렸다고 한다. 죄수가 현금이나 시계 등을 갖고 있었다니 우리로선 이해가 가지 않는 이야기다. 미국에서는 죄수에게 담배가 허락되고 중남미에서는 술도 허락된다.

　모두가 다 그런 것은 아니지만 교도소에 따라서는 강도가 들어왔다 도망칠 정도니까 탈옥은 간단하다.

　또 중남미계의 형무소에서는 뇌물이 쉽게 통한다.

　미모조는 탈옥을 되풀이하여 브라질 사법당국은 체면이 말이 아니었다. 그대로 두면 국가의 위신마저 문제가 되어 그의 행방을 눈이

214

벌개서 추적했다.

그 결과 미모조가 리오데자네이로 서쪽 130킬로미터에 있는 폴타
레돈데라는 도시의 친구 집에 있다는 정보가 들어왔다. 즉시 경찰이
출동했으며 그 집을 포위했다. 1984년 6월이 일이다.

치열한 총격전이 전개되었는데 미모조는 사살되고 말았다. 그의 나
이 40세. 그는 그 때 새로운 은행 강도 계획을 모의 중이었다고 전해
진다.

그러나 의문은 남는다. 미모조는 어째서 손을 들고 얌전히 체포되
지 않았을까? 경관과 싸우는 것보다 체포되는 편이 훨씬 좋았을 텐
데. 그는 탈옥의 명수가 아닌가!

그 의문에 대한 해답은 이렇다. 브라질 경찰은 처음부터 미모조를
체포할 생각이 없었다. 그를 투옥시켜 보았자 언제나 탈옥을 하니 그
의 목숨을 아예 끊어 버리는 편이 좋다고 생각한 것이 아닐까?

탈옥의 명인이었기 때문에 그는 사살되고 만 것이었다.

■ 세계적인 범죄인이 외국에서 명사로

1965년 7월 8일 영국의 윈드워즈 교도소에서 대담한 탈옥사건이 발생했다. 탈옥수의 이름은 로니 빅스! 그는 우편 열차 강도죄를 복역 중이었다. 세기의 범죄라고 불리었던 그 강도사건은 2년 전 8월 8일 새벽에 일어났다. 현금을 수송하는 우편열차가 습격을 받은 것이다. 범인들은 교차로의 신호등을 빨간색으로 바꿔 열차를 멈춘 후 곤봉으로 기관사를 쓰러뜨리고 우편배낭을 강탈 도주했다. 피해액은 총 250만 파운드(약 1천억원)가 넘었다.

런던 경시청(스코틀랜드야드)은 대수사망을 펴고 범인의 행방을 추적, 그 해 안에 일당 13명을 체포했다. 그 중에는 물론 로니 빅스도 들어 있었다. 재판 결과 그들에게는 20~30년의 형이 선고되었다. 강도 사건으로서는 무거운 형으로 보였다. 그리고 그들은 각각 다른 교도소에 분리 수용케 했다.

반년 후 월슨 그린 형무소로부터 열차강도 무리의 하나인 찰리 월슨이 탈옥했다. 3명이 사나이가 형무소 내에 침입하여 독방으로부터 월슨을 데리고 나간 것이다.

이 탈옥사건에 충격을 받은 사법당국은 수감 중인 열차강도에 대한 감시를 강화했다. 그로부터 1년도 지나지 않아 이번엔 빅스가 탈옥한 것이었다.

윌슨과 빅스의 탈옥에는 열차강도계의 숨은 대부 오토 스코르티니
(전 나치 친위대 소령. 히틀러의 신임이 두터웠다.)가 관련돼 있다는
것이었다.

하지만 빅스의 탈옥 협력자는 그의 전 교도소 동료인 폴 시본이었
다. 그리고 탈옥을 위해 자금을 낸 것은 빅스의 아내 차미안이었다.
시본은 먼저 화물 운반차를 구입하여 지붕을 떼내고 차의 내부에 발
판을 만들었다. 발판은 교도소의 담 높이까지 올라가도록 장치했다.
그는 두 사람의 조수를 고용했다.

7월 8일 오후 3시 5분 빅스가 수용돼 있는 윈드워즈 형무소의 담
밖에 화물운반차와 훔친 차 2대가 대어졌다.

재빠르게 발판에 올라가 담 위에 이르자 한 사람은 산탄총을 들고,
또 한 사람은 줄사다리를 내렸다. 안마당에서 운동을 하고 있던 빅스
는 동료 죄수 에릭플라워와 함께 달렸다. 간수가 황급히 뒤를 쫓았으
나 다른 죄수들이 방해를 했다. 죄수들은 빅스에게서 돈을 받고 탈옥
을 돕기로 돼 있었던 것이다.

탈주한 빅스는 프랑스로 날아갔는데 당국의 추격이 미치자 오스트
리아로, 그리고 다시 브라질로 도망쳤다. 현재 그는 브라질에 정착해
살고 있다. 영국과 브라질 사이에는 도망범 상호인도 조약이 없기 때
문에 체포당할 염려가 없다. 뿐만 아니라 그는 브라질 여자와 결혼하
여 한 아이를 낳고 당지에서는 명사로 대접받고 있다.

▌유명인들의 장례식 훔쳐보기

　사람이라면 누구나 한 번은 저 세상으로 가기 마련이다. 제아무리 돈 많은 갑부나 인기 절정의 스타들도 피할 수 없는 것이 바로 죽음이다. 이러한 유명인사들의 장례식은 누구보다 화려하고 성대하게 치러지기 마련, 최근 미국에서는 지금은 고인이 된 유명 인사들의 장례식에 얽힌 재미있는 일화들을 엮은 책 《What a Way to go》가 출간되어서 관심을 모으고 있다. 세기를 초월한 섹스 심벌 마릴린 먼로, 홈런왕 베이브 루스, 다이애나 왕세자비 등의 장례식에 이르기까지 다양한 에피소드 등을 한 번 엿보자.

　프랑스가 낳은 세계적인 여배우 사라 베르나르는 언제 닥칠지 모르는 자신의 죽음에 항상 대비하고 있었다. 그녀는 손수 자신의 관을 제작했으며 세계 어디를 가든 꼭 이 관을 가지고 다녔다. 외지에서 사망할 경우를 대비한 그녀의 못 말리는 고집 덕분에 장미목으로 짜여진 이 관은 30여 년이라는 긴 세월동안 그녀와 함께 세계 곳곳을 항해하고 다녔다. 1923년 파리에서 사망한 그녀는 결국 평생소원대로 무사히 이 관에서 잠들 수 있었다.

　1920년대 짙은 머리와 갈색 눈으로 특히 여성들의 마음을 사로잡았던 은막의 스타 루돌프 발렌티노의 장례식장은 그야말로 아수라장을 방불케 했다. 이탈리아 출신이었던 미남 배우의 마지막 모습을 보

218

기 위해 몰려든 수많은 군중들은 그의 갑작스러운 죽음에 이미 이성을 잃고 있었다. 인기 절정이었던 그가 31세의 나이로 세상을 떠나자 여성들은 믿을 수 없다는 듯 절규하기 시작했다. 장례식장 앞에 몰려든 팬들은 이내 건물 앞에 지키고 서 있던 경찰들을 밀어붙이고 안으로 돌진하기 시작했다. 유리문을 뚫고 나자빠진 경찰들은 이미 무서운 '폭도'로 변해있던 여성들을 막을 수 없었다. 사건은 여기서 끝나지 않았다. 군중들은 곧 거리에 세워져 있던 자동차를 뒤엎었으며 이로 인해 근처에 있던 1백여 명이 심한 부상을 입기도 했다.

발명왕 에디슨이 84세의 나이로 사망한 것은 지난 1931년. 그의 사망 소식이 알려지자 곧 미국 전역은 슬픔에 잠겼다. 에디슨의 장례식이 거행되던 날 밤 미국 전역에서는 거국적인 애도의 표시로 1분간 전기 공급이 일제히 중단되었으며 각 지역이 모든 영화관은 3분간 영화상영을 중지했다.

전설적인 홈런왕 베이브 루스의 장례식에서 재미를 톡톡히 본 사람은 '핫도그 장사꾼'이었다. 루스 부인의 요구대로 이틀간 양키스타디움에 안치되어 있던 그의 시신을 보기 위해 몰려든 팬들의 행렬은 마치 '성지순례'를 방불케 했다. 홈런왕의 마지막 모습을 보고자 줄을 선 시민들의 물결은 자정이 되어서도 끊이질 않았다. 심지어 몇 시간을 기다리며 참을성 있게 자신의 차례를 기다려야 하는 경우도 있었다. 기다리는 동안 출출해진 시민들에게 핫도그는 더할 나위 없는 군것질 거리였다. 당시 양키스타디움에서 핫도그와 음료수를 팔던 상인들은 야구 시합이 있던 날보다 수십 배 더 많은 막대한 매상을 올릴 수 있었다.

1962년 마릴린 먼로가 사망했을 당시 그녀의 장례식에 참석할 수 있었던 사람은 단 36명에 불과했다. 화려했던 모습과는 달리 조촐하게 치러진 그녀의 장례식은 조용하고 엄숙한 분위기에서 진행되었다. 초록색 드레스를 입고 소박한 모습으로 관에 누워있는 그녀의 손에는 분홍색 장미 한 다발이 들려져 있었다. 전남편이었던 야구선수 조 디마지오의 애도의 표시였다. 그 후 디바지오는 1999년 세상을 떠나기 직전까지 매일같이 먼로의 무덤에 분홍색 장미를 바쳐오는 순애보를 보여주었다.

먼로에 비해 다이애나 왕세자비의 장례식은 '세기의 장례식'이라고 해도 과언이 아닐 정도로 전 세계인의 관심 하에 성대하게 치러졌다. 생생하게 라이브로 전달된 이 장례식을 지구촌 식구는 어림잡아 25억명 정도. 장례식장에 애도의 표시를 남긴 조문객은 75만명을 넘어섰다.

이 밖에도 '미스 페기'라는 유명한 돼지 캐릭터를 만들어 냈던 짐 헨슨의 장례식은 그의 유언대로 활기차고 명랑한 분위기 속에서 이루어졌다. 재즈 밴드의 연주와 그가 아꼈던 캐릭터 인형들이 총출동해서 그의 죽음을 애도하는 공연을 실시했던 것. 장례식장인지 공연장인지 분간할 수 없을 정도로 요란했다는 후문이다.

또한 유명한 화가였던 스페인의 살바도르 달리는 죽어서도 애처가 기질을 톡톡히 발휘했다. 자신의 이름을 딴 '달리 미술관'에 안치된 그의 시신은 부인의 거대한 초상화 아래 묻혔다.

▌ 조조는 꿈 속에서
사람을 죽이는 버릇이 있었는가?

조조는 늘 기회만 있으면 사람을 죽였지만, 이것은 몽중살인(夢中殺人)이라는 전설과도 비슷한 이야기다. 나이든 사람들은 이 대목을 이야기할 때가 되면 갑자기 능변이 되어 재미있고 이상하게 이야기한다.

그럼 조조는 정말 꿈속에서 사람을 죽이는 버릇이 있었던 것인가?

연의 제 72회에는 이런 이야기가 있다.

조조는 암살을 두려워하여 항상 측근들에게 다음과 같이 경고했다.

"나는 꿈속에서 사람을 잘 죽인다. 내가 자고 있을 때 너희들은 결코 내게 다가오지 않도록 하라."

어느 날 조조가 낮잠을 자고 있을 때 이불이 흘러내렸다. 측근이 급히 이불을 주워 다시 덮어주었다. 그런데 조조는 갑자기 벌떡 일어나 칼을 빼들고 측근을 베어 버렸다. 그리고 나서 다시 잠들었다. 한참 있다 잠을 깬 조조는 너무나도 놀란 시늉을 하며 말했다.

"누가 나의 측근을 죽였는가?"

실은 이러이러하였다고 신하들이 설명하였다.

그러자 조조는 남의 이목을 꺼리지 않고 울며 슬퍼하며, 정중히 장사를 지내라고 명하였다.

이 사건 이후로 측근들은 조조에게 정말 꿈속에서 사람을 죽이는 버릇이 있다고 생각하게 되었고, 수면 중에는 두 번 다시 접근하지 않았다.

조조에게 이와 같은 버릇이 있었다고 한다면, 조조는 확실히 세상에 드문 변태 살인광이다.

정사에는 이 이야기에 관하여 아무런 흔적도 볼 수 없다. 그리고 이 이야기는 나관중의 착상이 아니라 실은 《세설신어(世說新語)》 '가휼편(仮譎篇)'에서 비롯된 것이다. 《세설신어》의 이야기 대부분은 믿을 수 없는 전설 따위의 이야기이다. 그런 것을 뻔히 알면서도 나관중이 이 이야기를 채택한 의도는 아주 명백하다.

9.
별난 동물들 이야기

'꼬리 없는 개' 아시나요?

꼬리가 없는 희귀견으로 알려진 토종 '댕견'이 발견돼 관심을 끌고 있다.

1년여 전 (2002년 9월)나주와 장성에서 차량에 팔려가는 황색과 흰색 '댕견'을 구입한 뒤 기르고 있는 이재완 씨(53·광주시 광산구 비아동)는 "집안에 처음 보는 사람이 봐도 잘 짖지 않을 정도로 바보스러운 개"지만 "사냥터에서는 몸이 유연하고 민첩해 사냥가나 다름없다"고 말했다. 이 씨는 "70년대 나주에서 20여 마리의 염소를 키울 당시 얻어 기른 적은 있지만 그 이후로는 본 적이 없다"면서 "국내 토종견임에도 꼬리가 없어 재수가 없다는 불구의 개로 인식, 50년대 이후 급속히 사라진 것으로 보인다"고 말했다.

이 씨가 보호하고 있는 댕견은 꼬리가 아예 없는 황색 수컷(5개월)과 일부 '흔적'만 남아 있는 희색 암컷(2년) 등 2종류이다. 댕견은 전국에 50여 마리에 불과할 정도로 개체수가 적은 희귀견이다. 꼬리가 20여 마디 정도인 일반 개와 달리 꼬리가 전혀 없거나 꼬리뼈 일부만 남아 있는 것이 가장 큰 특징이다. 꼬리가 없는 대신 다리와 목·가슴 등이 특히 발달했고 몸이 민첩하다는 것이다. 또 어미개의 유전인자를 받아 새끼를 낳으면 꼬리가 있는 것과 없는 것 절반씩을 생산한다는 것이 이 씨의 설명이다. 특히 처음 보는 사람들과 쉽게 친해질 정도로 사람을 잘 따르는 데다 순해 훈련 성취도 등이 뛰어나다.

이 씨는 "60~70대 노인들이 '댕갱이'라는 말을 기억하고 있는 것으로 보아 50년대 이후 개체수가 줄었다"면서 "토종개인 만큼 아예 사라지기 전에 진돗개처럼 가치를 인정, 보호할 필요가 있다"고 말했다.

한편 댕견은 증보문헌비고(增補文獻備考)에는 '동경견'으로, 동국어록(東國語錄)에는 '동경구' 등으로 기록돼 있다. 경주를 동경으로 부르던 고려시대에 경주에 이 개가 특히 많아 붙여진 이름이라는 것이다.

■ 거위와 바람난 암탉?

영국에서 한 암탉이 거위알만한 달걀을 낳아 화제가 되고 있다. 영국 인터넷 뉴스사이트 '아나노바'는 2003년 4월 27일(한국시간) 영국 서퍽주에서 한 여성이 키우던 닭이 커다란 달걀을 낳아 사람들의 이목을 끌고 있다고 보도했다. 그 달걀은 무게가 7온스(약 200g)에 가장 넓은 곳의 지름이 8인치(약 20센티)나 되는 것으로 일반 달걀보다 무게는 약 2.5배, 지름은 3배 정도 더 크다.

닭주인 프레다 스미스는 "아침 일찍 닭장에 나가 다른 달걀들과 함께 있는 그것을 발견하고는 깜짝 놀랐다"며 "내가 키우는 10마리 닭 중 1마리가 낳은 것 같다"고 말했다. 그녀는 또 "이웃들이 알이 거위의 것과 비슷하다며 누군가 장난친 것이라고 말하지만 나는 아니라고 생각한다"고 덧붙였다.

스미스는 "현재 기네스북에는 세상에서 가장 큰 달걀로 12온스(약 340g)짜리가 기록돼 있다"며 "하지만 아직 실제로 이같은 것을 본 적이 없다"며 놀라워했다.

▌ 앉은 키 15센티미터

영국 에섹스에 살고 있는 '휘트니'는 최근 '세상에서 가장 작은 강아지'로 기네스북에 등록된 강아지다. 도대체 얼마나 작길래 그럴까.

코에서 꼬리까지의 길이는 24.13센티미터 앉았을 때의 키는 15.24센티미터, 몸무게 역시 고작 0.4킬로그램에 불과하다. 생김새만 '강아지'일 뿐 '새'라고 해도 속을 정도의 크기다. 얼굴만 놓고 본다면 겨우 단추보다 약간 클 정도.

이렇게 작고 가볍다 보니 매사에 주의해야 할 점이 한두 가지가 아니다. 밖에만 나갔다 하면 '새'로 착각한 고양이들이 덤벼들거나 또는 조금만 높은 곳에서 떨어져도 충격이 이만저만이 아니기 때문이다.

이 밖에도 휘트니의 잔재주는 가히 놀라울 정도다. 뒷발을 들고 물구나무서기를 하거나 뒤로 공중제비돌기를 하는 것은 기본. 앞발로 칫솔을 붙잡고 이빨도 닦을 줄 안다고 한다.

■ 따르릉, 따르릉, 비켜나세요

　일본 도쿄의 지바 공원을 찾는 사람은 요즘 색다른 구경거리를 만날 수 있다. 핸들에 두 손을 얹고 발로는 페달을 확실하게 밟으며 신나게 자전거를 타고 있는 달마시안 강아지를 보는 것이다.

　주인 가즈히로 나시가 3살바기 모모다로에게 자전거 타는 것을 가르쳐 주는데는 6주가 걸렸다고 한다. 지바 공원의 명물로 자리잡은 모모다로는 높은 시청률을 자랑하는 일본의 인기 동물쇼에도 출연하기로 계약돼 있어 곧 수많은 사람들 앞에서 멋진 자전거타기 묘기를 보여 줄 예정인데 요즘은 어찌나 바쁜지 네 발로 걸어 다닐 일이 없을 정도라고 한다.

■ 전과 164회 도둑고양이 '미니모어'

집 안에 못 보던 인형들이 굴러다닌다면 고양이를 의심하라!

영국 웰스에 사는 실라 카멜이 기르는 고양이 미니모어의 취미는 동물 인형 수집. 카멜은 미니모어가 유독 인형을 좋아하는 줄로만 알고 되도록 많은 인형을 선물하기로 했다. 그러나 알고 보니 미니모어가 좋아하는 것은 유독 훔친 인형이라는 것! 최근에는 여기서 발전해 모피 모자나 장갑 등도 닥치는대로 훔쳐 자신의 몸집보다 3배나 큰 스웨터를 끙끙대며 창문 틈으로 날라 온 적도 있다.

7년 동안 도둑질 한 결과 미니모어의 수집품은 총 1백64점에 이른다. 미니모어는 최근 영국 국영방송의 도움을 받아 동물심리학자들의 연구대상이 됐는데, 연구 결과에 따르면 생태학적으로 도둑고양이였던 미니모어는 도벽을 통해 사냥욕구를 충족하고 있다는 것이다.

심한 악취미로 도둑질하려는 미니모어를 쫓아버릴 수도 있으나 이웃들은 여전히 미니모어를 사랑한다. 동네에서 유명한 곰 인형수집가 트리샤 스미스는 "미니모어가 내 곰 인형을 잘 훔쳐가긴 하지만 나는 여전히 미니모어를 좋아한다"고 말한다.

■ 남아공의 고릴라 막스, 차기 지사감!

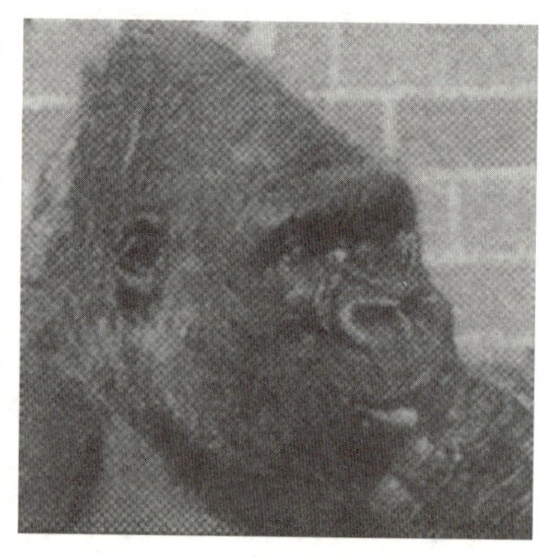

　　몸무게가 2백킬로그램인 고릴라 막스의 나이는 27세. 남아프리카 공화국 요하네스버그 동물원에서 살고 있는 그는 얼마 전 대단한 모험을 했다. 경찰에 쫓겨 고릴라 우리로 도망쳐 온 범인과 격투 끝에 그가 쏜 2발의 총알을 맞으면서도 용감하게 그의 아내인 리사(27·몸무게 1백 20킬로그램)를 지켜내고 범인 검거에 결정적인 역할을 한 것이다.

　　범인은 경찰의 사격을 받고 쓰러졌고 아무도 돌보는 사람 없이 길에 쓰러진 범인과 달리 막스는 곧바로 응급차에 실려 병원으로 옮겨졌으며 간단한 응급치료를 받고 다시 우리로 돌아왔다.

　　다음 날 이 사건이 매스컴에 대대적으로 보도되자 막스는 일약 용감한 고릴라 영웅이 됐다. 그의 활약을 칭찬하고 쾌유를 비는 1천여 통의 엽서와 편지가 동물원을 쇄도했으며 지금은 다시 건강을 되찾은 막스를 보기 위해 평소보다 몇 배나 많은 사람들이 동물원으로 몰려들고 있다는 것.

국민 한 사람 당 살인, 부녀자 폭행사건 건수가 세계 최고라는 수치스러운 통계를 가지고 있는 남아공에서는 '막스를 지사로!'라는 포스터까지 거리에 붙여져 있다고 한다.

▌ 서핑보드 즐기는 개 덕을 본 주인

영국 웨일스 지방의 데일 해안에서 주인 피터 바운스(48)와 함께 파도타기를 즐기고 있는 것은 영국에서 '서핑을 좋아하는 개'로 유명한 막스다. 나이는 약 다섯 살쯤이라고. 나이가 불확실한 이유는 막스가 버려진 개였기 때문이다. 파도를 무서워하던 막스가 달라진 것은 약 2년 전부터이다. 어느 날 막스는 스스로 서핑보드에 올라탔다. 바운스가 재미삼아 그가 탄 보드를 밀어주었더니 막스는 멋지게 파도를 한 번 타고는 다시 해안가로 돌아왔다는 것이다. 바운스의 말에 따르면 그 때 막스는 몹시 즐거워하는 표정을 지었다는 것이다.

그 후로 막스는 하루아침에 유명인사가 돼 버렸다. 40회에 한 번 정도 물 속에 빠질 정도로 막스의 실력도 수준급이 되어 최근에는 권위 있는 서핑 잡지에 막스의 특집 기사가 실리는 등 인기가 식을 줄 모른다.

수화로 말하는 고릴라

동물 중에서 인간과 가장 비슷한 고릴라에 대한 연구를 꾸준히 하고 있는 「고릴라 재단」의 인터넷 사이트(www.gorilla.org)를 방문해 보면 깜짝 놀랄 만한 연구 성과를 발견한다.

얼마 전 이 재단은 25년간 진행해 온 '코코프로젝트'에 대한 연구 결과를 인터넷을 통해 발표했다.

고릴라 재단의 인터넷 사이트 화면 ▲

코코는 현재 26세 된 암고릴라의 이름. 이 프로젝트는 미국 스탠퍼드대 졸업반 학생이던 패터슨이 샌프란시스코 동물원에서 한 살바기 골리라 코코에게 인간의 수화를 가르치면서 시작됐다.

처음에는 호기심으로 몇 가지 기본 수화를 가르친 패터슨은 몇주 후 코코가 이를 이해하고 자신이 말하고 싶은 것을 간단하게 표현한다는 사실에 힘을 얻었다.

이후 이 작업은 『내셔널 지오그래픽』지의 지원을 얻게 되고 동물도 인간과 같이 감정이 있고 생각한다는 것을 보여 줌으로써 일반인들이 고릴라 보호에 관심을 갖는 계기가 됐다. 1972년에는 자연보호

주의자들과 기업들이 모여 고릴라재단을 설립했다.

현재 인간의 수화로 교육받고 있는 고릴라는 세 마리. 이 중 25년 간 인간과 함께 생활해 온 코코는 5백여 개의 사인으로 정확히 단어를 표현하고 4백여 개의 사인으로 자신의 감정을 나타낸다. 또 2천여 개의 영어단어를 이해한다. 얼마 전 지능검사에서는 70~90의 지능지수를 나타냈다고 한다.

▌별난 애완개구리

　꼭 화장실의 변기에 앉아서 볼일을 보는 희한한 개구리가 있어 화제가 되고 있다. 미국 캘리포니아에 사는 스미스가 기르는 이 애완용 개구리는 일을 볼 때는 자신의 방에 마련된 변기에 앉는 것이 습관이 되어 있다.

　"처음에는 그저 장난으로 한 것입니다. 그냥 장식이나 할까 해서 개구리 몸에 맞는 변기를 사다 놓았는데 그 다음부터는 꼭 거기서만 일을 보는 것입니다."

라고 주인 스미스도 상당히 신기해 했다.

　이 희한한 개구리는 그 외에도 개구리답지 않은 행동을 많이 한다고 하는데, 우선 물에서 노는 것을 싫어하고 주로 마른땅의 그늘에 누워서 낮잠을 즐기는 것을 좋아한다고 한다.

　먹이도 자신이 직접 사냥하는 것이 아니라 주인이 주는 애완용 개구리 사료만을 고집한다고 한다.

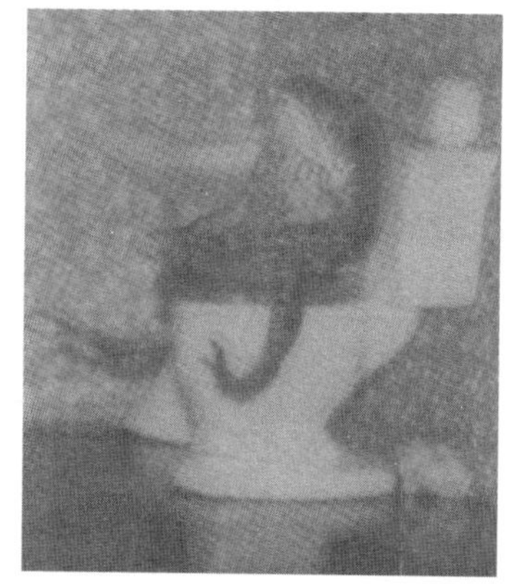

　특히 그는 이 변기를 매우 마음에 들어해서 볼일이 없을 때도 이 곳에 앉아서 명상에 잠긴다고 하니 이 변기가 어지간히 마음에 드는 모양이다.

■ 놀라운 멍멍이, 희한한 야옹이

고양이와 개가 한 팀이 된 스쿠버다이빙팀이 탄생했다. 내셔널 인 쾨이어러 최신호는 미국 플로리다에서 머틀리라는 개와 후크아이라 는 고양이가 짝을 이뤄 스쿠버다이빙을 즐기로 있다고 보도했다.

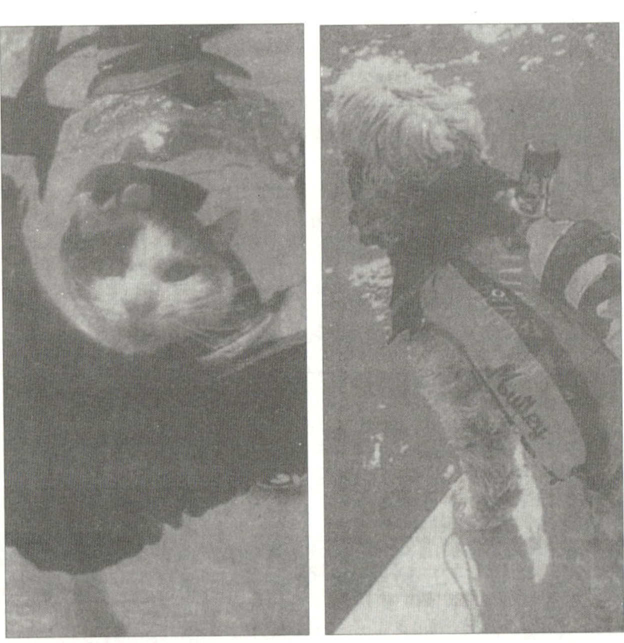

▲ **세계 최초 동물 다이빙팀**
고양이 후크아이가 풀에서 스쿠버다이빙을 하고 있다.(왼쪽) 개 머틀 리가 스쿠버 다이빙 장비를 착용하고 있다.

머틀리와 후크아이는 주인인 알바가 디자인한 스쿠버 장비를 착용한다. 여기에는 작은 산소통, 호흡기 등 모든 기구들이 다 부착돼 있다.

머틀리는 스노보드, 자전거, 수상스키 등 많은 운동에 능통한 '팔방미인'으로 후쿠아이보다 먼저 스쿠버다이빙을 배웠다. 물이라면 사족을 못쓸 정도로 좋아한다.

고양이 후크아이는 따뜻한 욕조에서 먼저 물과 친해지는 법을 배웠다. 알바는 조금씩 욕조 속 물의 양을 늘려나가는 방법을 썼다. 욕조에서 풀장으로 장소를 옮긴 후 스쿠버 장비를 착용시켰을 때 후크아이는 혼자 힘으로 물에 들어갔다.

후크아이는 집을 잃고 감전돼 죽어가고 있을 때 다행히 한 사진사에게 발견돼 목숨을 건졌던 불쌍한 고양이였다. 그러나 이제는 세계 최초의 고양이 스킨스쿠버 선수로 거듭났다.

알바는 현재 머틀리와 후크아이에 대한 어린이 동화책을 쓰고 있다.

그는 "다른 사람들이 쉽게 볼 수 없는 장면들을 볼 수 있어 매우 즐겁다"며 "이들은 언제 봐도 놀라운 동물들"이라고 말했다.

10.
만화같은 이야기들

■ 아내를 미인으로 만들어 쪽박 찬 남자

'아내를 미인으로 만들었다가 바보가 된 남자'

미국의 근착 주간지 『내셔널 인콰이어』는 아내를 위해 엄청난 성형수술 비용까지 지불하며 외조했으나 아내가 미인선발대회 「미세스 아메리카」에서 왕관을 쓴 후 버림받은 불쌍한 남자 조지 스코트 씨의 어처구니없는 사연을 보도해 미인 아내를 원하는 남자들에게 경종을 울렸다.

스코트 씨는 아내에게 미세스 아메리카 왕관을 씌워주기 위해 눈, 코, 치아, 가슴 등의 성형수술에 모두 10만달러(1억4천만원)를 들였으나 파산과 고통만을 겪었다.

아내 질은 왕관을 쓴 후 남편을 버렸으며, 심지어 그를 납치하기까지 했다.

그의 불행은 지난 90년 아내가 미인 선발대회에 출전하면서 시작됐다. 선발대회는 행복한 가정생활을 하고 있는 주부들을 위한 것이었다. 대회 3개월 전 남편과 헤어진 질은 그런 사실을 숨기고 출전했다. 질은 대회 직전 스코트 씨에게 재결합을 제의했다.

"나는 그녀가 왕관을 썼을 때 너무나 자랑스러웠다. 하지만 왕관을 쓰자마자 나를 쓰레기 취급했고 집에 쫓아냈다. 그녀는 내 돈을 모두 쓰게 하고 더 나은 생활을 위해 돈 많은 녀석들을 찾아 나섰다."

240

▲ 아내를 미인으로 만들었
다가 바보가 된 남자 조지
스코트씨

▶ 성형수술을 거쳐 「미세스 아메리
카」까지 올랐으나 남편을 괴롭힌 여
자 질.

고 스코트 씨는 하소연 했다.

왕관을 쓴 질은 남편을 무조건 구박했다. 그러나 돈을 대주던 남편
이 없자 그녀는 점점 곤란에 빠졌다. 심지어는 복지수당을 신청했다
가 조사받기도 했다.

"내가 그녀에 관한 불리한 증언을 하지 않는 것만이 복지수당에
관련된 그녀가 감옥에 가지 않는 유일한 방법이었다."

스코트 씨는,

"두 아이들에게 엄마가 감옥에 가는 것을 보여 줄 수는 없었다."

고 말했다.

한편 대회본부 측은 질이 상업적인 목적으로 대회 타이틀을 사용
했던 것에 대해 소송을 걸어 10만 달러 배상판결을 받아냈다. 또 질
은 96년 포르노 비디오에 출연해 「미세스 아메리카」의 명예를 실추

시켰다는 혐의로 고소당했다.

　그 때 쯤 그녀는 백만장자 사업가인 릭 챈스씨와 재혼해 1백50만 달러 짜리 호화주택으로 옮겼다. 불쌍한 스코트 씨는 완전히 파산하고 말았다. 그런데도 질은 스코트 씨가 형편없는 아버지였다고 계속 비난했다. 게다가 캔자스에 있는 그를 수갑을 채운 채 납치해 감옥에 처넣도록 했다. 그러나 법원은 질을 석방했다. 스코트 씨는 질을 불법감금 등의 혐의로 고소했다. 결국 질은 인과응보에 따른 대가를 지불했다. 법정은 최근 그녀에게 납치에 따른 피해보상으로 46만 5천 달러라는 엄청난 돈을 스코트 씨에게 지불하라고 명령했다.

　스코트 씨는 금전적으로 보상을 받게 됐지만 아내를 미인으로 만들었다가 엄청난 피해를 겪은 셈이다. 세상의 남편들이여, 아내가 미인이기만을 바라는 허황된 꿈을 이젠 버려야 하지 않을까.

■ "같이 수갑 차고 생활하라"

사이가 좋지 않아 늘 으르렁거리며 싸우는 이웃에게 적당한 벌은?
근착 미국의 『위클리 월드뉴스』는 뉴욕시의 한 판사가 명판결을
내렸다고 소개했다. 이름이 밝혀지지 않은 이 판사가 내놓은 벌은 3
주일 동안 하루 4시간씩 함께 수갑을 차고 생활하도록 한 것이다.

이 기상천외한 처벌을 받고 있는 이들은 루 롬버트 씨(31·외판원)
와 칼트루겔 씨(38·슈퍼마켓 지배인). 이들은 옆집 담장이 자기 땅
을 침범했다든가 옆집에 온 손님의 차가 자기집의 대문을 막았다든
가 밤늦게 음악을 크게 틀어 시끄럽게 했다는 등 이웃간에 흔히 있

▲ 함께 수갑을 차고 있어아 하는 벌을 받고 있는 칼 드루겔 씨와 루 롬버트 씨.

을 수 있는, 그래서 조금만 양보하면 좋은 관계를 유지할 수 있는 그런 평범한 일들을 단 한 차례로 그냥 넘어가지 않았다.

‘껀수’가 있을 때마다 말다툼과 주먹다짐을 거듭, 17번이나 법정에 섰다.

“그들의 얼굴을 보기만 해도 두통이 날 지경이었다”는 판사는 기발한 처벌을 생각해냈던 것이다.

판결인즉 직장의 일이 끝나는 하오 5시 30분부터 9시 30분까지 함께 수갑을 차고 있도록 조치한 것이다. 화장실도, 식사도, 집안 일도 함께 할 수밖에 없는 처지에 이른 것이다.

칼 트루겔 씨는 “수갑을 찬 채 함께 있어야 한다는 것이 지옥과 다름없다는 걸 깨닫기까지 그리 오래 걸리지 않았다”며 어쨌던 이번 기회를 통해 그동안 얼마나 다른 사람에 대한 이해심이 부족했는지를 절실히 깨닫게 됐다고 말했다.

루 롬버트 씨도 “우리가 상대방을 떼어놓을 수 없다는 사실을 깨달았을 때 비로소 그동안 우리가 싸웠던 일들을 화제로 차분하게 이야기를 나눌 수 있었다”며 대화를 나누면서 그 동안 알지 못했던 트루겔 씨의 새로운 면모를 발견하고는 놀라게 되었다고 털어 놓았다.

이들은 대화를 통해 그동안 얼마나 이기적이었는가에 대해 반성하게 됐다고 입을 모은다.

▌수학자의 지혜

급진적인 사상으로 인해 옥살이를 해야 했던 프랑스의 천재적인 수학자 게러인은 출옥하자마자 친구인 루베의 아파트를 찾아갔다. 그런데 루베는 보이지 않고, 이웃집 여인이 그를 보며 한숨을 내쉬는 것이었다.

"선생님, 루베 씨가 두 주 전에 살해되었답니다. 집에 있던 돈도 모두 없어졌구요."

"뭐라구요? 어떻게 그런 일이……. 범인은 잡았나요? 그리고 무슨 단서라도 있어요?"

"아직 못 잡았어요. 단서도 없구요. 그런데 이상한 것은 루베 씨가 먹다 남은 파이를 손에 꼭 쥐고 있었다는군요."

여인이 계속해서 말했다.

"범인은 아파트 사람이 틀림없어요. 제가 사건이 일어나 무렵에 아파트 입구에 있었는데, 사람은 얼씬도 안 했다구요."

그러나 문제는 간단하지 않았다. 그 아파트에는 백 명이 넘는 사람들이 살고 있었기 때문에 경찰에서도 아직까지 수사를 못하고 있었던 것이다.

생각에 잠겨 있던 게러인은 3층으로 가서는 314호 앞에 멈췄다

"이 집에는 누가 살지요?"

“미셸이라는 사람이 살았어요.”

“어떤 사람이죠?

“늘 술에 젖어서 도박을 하는 사람이에요. 참, 어제 이사를 가던데요.”

“그 사람이 바로 범인이오.”

게러인이 자신있게 말했다.

“무슨 증거라도 있으세요?”

“루베의 손에 쥐어져 있던 파이가 단서입니다. 파이는 원주율, 즉 3.14죠. 루베는 수학을 잘 아는 사람이기에 죽으면서 파이로 범인의 집을 알려 준 거요.”

경찰에서는 마침내 게러인의 도움으로 범인을 잡을 수 있었다.

■ 계란 속에 씌어진 군사 기밀

전쟁 중에는 정말 많은 사건들이 발생한다. 특히 군사 기밀 사항과 관련해서는 그 중요성만큼이나 흥미를 끄는 것들이 많다.

제 1차 세계 대전이 한창이던 1916년, 프랑스의 한 도시에서 실제로 있었던 일화다.

프랑스군과 독일군이 일진일퇴의 격전을 벌이다 잠시 교착상태에 접어든 즈음, 이 도시는 두 나라 군대가 반씩 점령하여 진주해 있었다. 그렇다고 오랜 세월을 이웃으로 살아온 시민들의 교류를 금할 수는 없었으므로, 두 나라 군대는 시민들의 왕래를 허용하였다. 물론 보안 유지를 위해 철저한 검문 검색이 이루어지고 있었다.

이 때 독일군 지역에 사는 한 여인이 매일같이 분계선을 넘어 남동생을 찾아가곤 했는데, 그녀는 프랑스군과도 허물없이 지냈다.

그 날도 큰 바구니에 삶은 계란, 빵, 버터 등을 가득 담아 들고 집으로 가기 위해 초소 앞에 줄을 서 있던 여인에게 평소부터 안면이 있던 병사가 다가왔다.

"안녕하세요? 동생은 잘 만났습니까?"

병사가 아는 척을 하며 말을 건네자, 여인이 살포시 웃으며 고개를 끄덕였다. 그 때 병사가 무심코 그녀의 바구니에서 계란 하나를 꺼내어 묘기 부리듯 손바닥에 올려놓고 굴리다가 공중으로 높이 던지더니 다시 받아 쥐었다.

순간, 여인은 얼굴이 하얗게 질려 어찌할 바를 몰라 허둥댔다. 이 모습을 보고 수상히 여긴 병사는 점점 계란을 높이 던지며 그녀의 표정을 눈여겨 보았다. 계란을 높이 던질수록 그녀는 점점 더 당황하는 기색이 역력했다.

"부인, 왜 그렇게 놀라시죠? 무슨 문제라도 생겼나요?

"아, 아니에요. 아무 일도 아닙니다."

깜짝 놀란 여인이 고개를 절레절레 흔드는 것을 지켜 본 병사는 더욱 의심이 갔다. 그래서 계란을 세밀하게 살펴보았으나, 수상한 점을 찾을 수 없었다. 그런데도 여인은 여전히 당황한 모습으로 벌벌 떨고 있는 것이 아닌가!

'이 계란에 무언가 있는게 틀림없어'

이렇게 마음속으로 단정한 병사는 계란을 살짝 쳐서 깨뜨린 후 조심스럽게 껍질을 벗겼다. 그런데 이게 웬일인가! 백지처럼 깨끗한 흰자위에 깨알같은 기호와 글자가 빽빽하게 적혀 있는 것이 아닌가. 그것은 영국군의 방어 배치도와 사단, 여단의 병력 등이 기록된 군사 기밀이었다. 그 여인은 바로 독일군 스파이였던 것이다.

그렇다면 어떻게 달걀 껍질을 깨지 않고 흰자위에 글씨를 쓸 수 있었을까? 이것은 당시 독일의 첩보기관이 개발한 기발한 암호 전달 방법으로, 초산으로 계란 껍질에 군사 정보를 쓴 후 초산이 마른 다음 계란을 삶으면 글씨가 껍질 속으로 스며들어가 흰자위에 찍힌다. 이 때 껍질에는 글씨가 사라지고 아무런 표시가 나지 않기 때문에 프랑스군을 감쪽같이 속일 수 있었던 것이다.

계란을 이용한 독일군의 첩보 작전은 이렇게 해서 끝이 나고 말았다.

▌불사신

골디 혼 주연의 영화 《죽어야 사는 여자》에는 영생을 얻기 위해 죽으려고 하나 죽지 못하는 희한한 여자가 주인공으로 등장한다. 그러나 영화에서가 아니라 실제로 30번이나 죽음의 고비에서 살아나 현재 건강하게 살고 있는 믿지 못할 남성이 있다. 물론 죽으려고 한 것이 아니라 지독한 불운으로 맞은 고비가 30번이다.

근착 미 주간지 『월드뉴스』에 실린 해군 전투기 조종사인 빌 고스(42)는 전 세계를 통틀어 가장 재수가 없으면서도 지독하게 운이 좋은 사람이다. 전투기 충돌, 탄광 매몰, 자동차 사고, 익사 사고, 기관총 오발 사고 등 무려 30번이나 크고 작은 사고를 만났으나 그 때마다 기적같이 살아난 그야말로 불사신이다.

빌이 처음으로 죽음과 조우한 때는 9살 때이다. 화장실 세면대에서 머리를 감다 양쪽 수도꼭지에 머리가 끼이는 바람에 익사할 뻔 한 게 그가 겪은 최초의 사고였다. 그러나 웃지 못할 사건은 시작에 불과했다.

십대 시절에는 학비를 벌기 위해 애리조나 구리광산에서 채굴원으로 일하다 탄광이 매몰되는 바람에 갇힐 뻔했으나 무너지기 직전에 탈출해 구사일생으로 살았다.

그러나 이후의 경험은 전에 비하면 아무 것도 아니었다. 이탈리아

시실리아에서 수중폭파대(UDT)로 복무하던 군시절에는 900킬로그램의 수뢰를 싣고 가다 타이어가 펑크가 나 길 아래로 굴렀으나 다행히 진흙탕 속에 떨어지는 덕에 폭탄이 터지지 않아 목숨을 건졌다.

이후 해군 전투기 조종사가 된 그는 비행 중 조종 미숙으로 죽을 고비를 몇 차례 넘겼고 기관총 오발 사고로 하마터면 머리가 관통될 뻔한 아찔한 경우도 맞았다.

그러나 그가 가장 죽음에 가까이 간 경험은 90년 당한 자동차 사고다. 운전 중 길가에 놓여 있는 큼지막한 쓰레기 더미를 발견하고 치우려던 그는 시속 100킬로미터로 달려오던 차에 그대로 치여 100여미터 멀리 나뒹굴었으나 오른쪽 무릎 뼈만 부서지는 경상을 입었다.

94년에는 생존 확률이 100분의 1이라는 희한한 병에 걸렸으나 10번의 대수술 끝에 기적적으로 완쾌됐다.

'철의 사나이' 빌 고스는 현재 미국 각주를 돌아다니며 기적적인 자신의 인생 스토리를 강연하고 있으며 최근에는 이를 책으로 펴냈다.

▌ 31살의 '젊은 할아버지'

이 세상에서 가장 어린 나이에 할아버지가 된 사람은 누굴까?

영국 베린스필드에 사는 스튜어트 윌리스는 공식적으로 기네스북에 오르지는 않았지만 '나이가 가장 어린 할아버지'로 자신을 꼽아주지 않으면 매우 서운하게 생각한다. 왜냐하면 그는 웬만한 남자 같으면 아직 총각딱지도 떼지 못했을 나이인 서른한 살에 할아버지가 됐기 때문이다.

근착 미국의 선지는 어린 나이에 부모가 되는 것이 집안 내력인 듯한 윌리스 집 안의 사연을 전했다.

스튜어트와 그의 아내 재키는 그들의 15살짜리 딸 루시가 자신의 침실에서 갑자기 여아를 분만할 때까지만 해도 루시가 임신했으리라곤 상상조차 못했다.

이들이 직장에서 돌아왔을 때 루시가 복통을 호소했지만 그저 '소화기에 문제가 있거니'하고 생각했었을 뿐이다.

재키는 딸을 병원으로 데리고 가려고 앰뷸런스를 불렀지만 앰뷸런스가 채 도착하기도 전에 루시는 아이를 분만하고 말았다.

웬만한 부모 같으면 결혼도 하지 않은 10대의 딸이 아이를 낳으면 마치 하늘이 무너져 내린 것처럼 어찌할 바를 몰랐을 테지만 스튜어트나 재키의 경우는 좀 달랐다. 바로 자신들도 같은 경험을 했기 때문이다.

스튜어트가 15살, 재키가 16살 때 이들은 루시를 낳았고 루시는 15살 때 에이미 리를 낳아 대물림을 한 것이다.

루시말고도 딸이 둘 더 있는 스튜어트는 "딸 단속을 잘 해야겠다"고 말하면서도 손녀 에이미 리에 대한 사랑을 감추지 못한다.

"애 아빠가 누군지 알지도 못하고 알고 싶지도 않습니다. 그저 에이미 리가 사랑스러운 마음뿐이고 잘 키우리라고 다짐할 뿐입니다. 이번 일을 계기로 우리 가족은 화목해졌습니다. 다시는 이런 일이 일어나지 않도록 해야겠죠."

'젊은 할아버지' 스튜어트의 다짐이다.

▌ 백년 동안이나 나 홀로

1990년, 터키군이 원시림에서 군사 훈련을 하고 있었다.

"대장님! 저기를 좀 보세요. 사람 같아요."

한 병사가 양떼 속에서 움직이고 있는 물체를 가리키며 소리를 질렀다.

"어디, 정말 사람이네. 이런 곳에 사람이 살고 있다니! 가 보자."

병사들은 양떼 곁으로 조심스럽게 다가갔다.

"할머니는 누구신데 이런 곳에 혼자 계시는 거지요?"

"난 페첸로라고 해요. 그나저나 사람을 만나다니, 이게 얼마 만인지 모르겠구먼."

그 여인은 터키 동부의 사투리로 더듬거리며 자신이 살아온 얘기를 들려주었다.

"내가 여덟 살 되던 해에 우리 마을에 큰 지진이 일어났다우. 우리 집은 양을 기르고 있었는데, 지진 때문에 가족은 모두 죽고 나하고 양들만 살아 남았지, 양들이 날 길러 주었어. 젖을 먹여 주었을 뿐만 아니라 추운 겨울에는 털로 감싸주기도 했지."

페첸로는 병사들과 함께 문명사회로 나왔다. 의사들이 정밀 검사를 한 결과 할머니의 나이가 105세이며, 건강 상태는 매우 양호하다는 것을 알아냈다. 그러나 오랜 세월 동안 양들처럼 기어다녔기 때문인

지 손과 발은 아주 단단했으며, 추위에 견디기 위해서였는지 온몸에
는 털이 자라 있었다.

　문명 사회로 돌아온 페첸로는 아직까지도 원시생활 습관을 버리지
못하고 있으며, 양떼와 함께 살던 집을 잊지 못해 다시 원시림으로
돌아가 양들과 함께 생활할 생각이라고 한다.

▌ '제트 코스터' 위에서 임신한 처녀

시카고는 누구나 잘 알고 있는 미국 제 2의 대도시이다. 거기서 매우 진기하고 믿기 어려운 사건이 발생하여 시카고 사람들을 놀라게 했다.

만원인 제트코스터(청룡열차) 위에 올라탄 젊은 여자가 타고 있는 동안 임신을 했다. 즉, 맹렬하게 질주하는 제트 코스터의 흔들리는 좌석에 앉은 채 아기를 만들었다는 이야기다.

"그야, 이런 말을 믿으라는 사람이 좀 잘못된 게 아니냐고 말하겠지만, 사실은 사실인 걸요. 나는 정말로 제트 코스터에 타고 있다가 임신하고 말았어요. 너무나 부끄러운 일이지만……."

양손으로 얼굴을 가리면서 말한 여성은 시카고 시내에 사는 브리타니 존스(18세).

일요일이었던 그 날, 그녀는 남자친구인 브라이언 밀러(18세)와 함께 시내의 유원지로 놀러 갔다. 날씨가 좋았기 때문에 유원지는 사람들로 온통 들끓었다. 인기있는 제트코스터는 1시간은 기다려야 탈 만큼 혼잡스러웠다.

겨우 두 사람의 차례가 와서 올라타기는 했는데, 운 나쁘게도 맨 뒷좌석이었다. 그래도 무서운 속도를 내며 상하 좌우로 질주하는 제트 코스터의 스릴을 두 사람은 마음껏 즐겼다.

“이거 봐, 브리타니! 우리 여기서 아무도 해 보지 않은 짓을 한 번 해보면 어때?”

브라이언이 느닷없이 심하게 흔들리는 요동을 잘 견디면서 브리타니의 귓전에 속삭였다.

“그게 뭔데?”

“제트 코스터 위에서 섹스를 즐기는 거야.”

브리타니는 눈을 동그랗게 뜨며 놀랐지만 빙긋이 웃어 보였다. 장난기가 발동한 것이다.

“좋아! 재미있겠는데.”

그 일이 있고 나서 3개월 후, 브리타니는 몸에 이상이 생긴 것을 느꼈다.

‘어쩌면 혹시…….’

그녀의 예감은 딱 들어맞았다. 잘 아는 산부인과 의사의 진찰을 받았더니, 의사는 축하한다는 말과 함께 임신했다는 사실을 알려 주었던 것이다.

결혼하기로 굳게 약속한 그녀와 브라이언 사이에 육체 관계는 전에도 몇 번 있었지만, 언제나 꼭 피임을 했었다. 피임을 하지 않은 것은 제트코스터에 탔을 때 한 번 뿐이었다.

‘그 때 임신한게 틀림없어!’

이 세계 최초의 모험을 브리타니는 브라이언과 두 사람만의 비밀로 숨겨두지를 못했다. 결국 친구에게 털어놓고 말았는데, 그 소문이 소문을 낳았으며 결국은 지방의 대중지까지 냄새를 맡아 기사화되고 말았다.

둘은 부모로부터 심한 꾸지람을 들었지만, 그것을 계기로 서둘러서 결혼하게 되었다.

▍내기 골프의 비밀

세계 골프역사상 가장 유명한 도박사는 누구일까. 그는 다름아닌 타이타닉 토마스(미국). 그의 본명은 알빈 토마스. 그러나 74년 세상을 떠날 때까지 통칭 '타이타닉'이란 애칭으로 불렸다. 타이타닉이란 형용사는 강자의 최상급 표현. 당시 톱 프로의 소득은 1년에 3만 달러가 최고였지만 토마스는 1주일 만에 5만 달러를 벌어들인 적도 있었다.

30년 미국 뉴욕 주의 한 골프장에서 그는 사람들을 모아 놓고 퍼팅 내기를 걸었다. 컵에서 10미터 쯤 떨어진 그린 위에서 퍼팅 성공 횟수를 알아맞히는 경기였다. 토마스는 "5번 중 4번 이상을 컵에 넣겠다. 만약 내가 이를 성공시키지 못하면 실패한 횟수만큼 1백 달러씩 지불하겠다."고 호언했다.

사람들은 10미터짜리 롱퍼팅의 어려움을 익히 아는지라 흔쾌히 내기를 했다. 그리고 내심 "떠벌이 같으니……"라고 그를 비웃기까지 했다. 그러나 토마스는 항상 4개의 볼을 홀 컵에 넣어 반나절도 안돼 수천 달러의 돈을 벌었다.

토마스는 어떻게 돈을 벌 수 있었을까. 비결은 간단했다. 골프장에선 하루영업이 끝나면 그린에 물을 뿌린다는 사실을 토마스는 애용했다. 토마스는 전 날 물을 뿌리는 고무호스가 컵에서 그린 에지까지

늘어져 있었고 하루가 지나면 조그만 물길이 생기는 것을 간파한 것
이었다. 그리고 내기를 건 뒤 물길을 따라 볼을 쳐 손쉽게 돈을 번
것이었다.

32년 할 골프장 전속프로와의 승부는 지금까지 전설처럼 회자되고
있다. 이 프로골퍼는 자신보다 한수 위의 실력을 지닌 토마스에게 핸
디캡을 원했으나 토마스는 조건을 붙여 그와 맞대결을 성립시켰다.
그 프로에게 3번의 티샷을 허용하고 베스트 볼을 선택하도록 한 것
이었다. 그리고 홀당 1천 달러짜리 홀매치를 했다. 완봉승일 경우 1
만 8천 달러를 추가로 더 내는 조건도 달았다.

최초 7번 홀까지는 전속프로가 연승했다. 그러나 8번 홀부터 계속
해서 토마스가 이겼다. 뒷날 토마스의 친구가 "어떻게 이길 수 있었
는가"라고 물었을 때 토마스의 대답은 명쾌했다.

"그가 티샷을 20차례 이상 하면 힘을 못 쓴다는 사실을 모르는 사
람이 없네. 때문에 8번 홀부터 나의 승리는 자명한 것이 아닌가."

■ '아내의 누드 사진' 몰래 촬영

"세상에 아내의 누드사진을 아내의 직장에 공개하는 얼빠진 남편이 어디 있습니까?"

"아내의 누드가 하도 예뻐 자랑 좀 한건데 그게 그렇게 잘못된 겁니까?"

미국 뉴욕 시에서 사는 조지 설스 씨(34 광고업)의 아내 다이애나(28 변호사보조원)는 이혼소송과 더불어 3백달러(27억원)를 청구하는 손해배상소송을 준비 중이어서 관심을 끌고 있다. 5년전 결혼, 아이를 둘씩이나 두고 있는 이 부부가 파경을 맞게 된 건 누드 사진 몇 장 때문이라고 근착 미국의 주간지 월드뉴스는 전했다.

전직 모델인 다이애나는 빼어난 미모와 쭉 빠진 몸매의 소유자. 그

러나 모델일을 그만 둔 후 법률 사무소에 근무하면서 건강에 별로 도움이 되지 않는 간식류를 하도 많이 먹어 동료들로부터 '인간 쓰레기통'이라는 별명까지 얻었다. 그리고 여기저기의 군살 때문에 더 이상 자신의 몸매가 아름답다고 생각하지 않게 되었다.

그러던 중 지난 97년 9월 초순 남편 조지가 제 2의 신혼여행을 제안했다. 영국령 버진 아일랜드의 세인트 존에서 오붓한 시간을 보내자는 것이었다. 다이애나는 뛸 듯이 기뻐하며 당장 짐을 꾸려 휴가지로 향했다.

과거로 돌아간 듯 행복한 시간을 보내던 그들 부부는 인적이 드문 해안가에서 수영을 하게 됐다. 조지는 "보는 눈도 없는데 한 번 누드로 수영해 보라"고 권했다. 그녀는 남편 말대로 수영복을 훌훌 벗어던지고 바닷물에 몸을 담갔다.

"출산에다가 간식까지 달고 살아 다 망가졌을 줄 알았던 아내의 몸이 너무나 아름다웠어요."

'오! 놀라워라'를 연발하던 조지는 아내 몰래 아내의 누드를 카메라에 담았다. 그리고는 어떤 생각이 섬광처럼 스치고 지나갔다. 곧장 DP점으로 달려간 조지는 사진이 나오자마자 아내의 회사로 우송해 버렸다.

2주후 긴 휴가를 마치고 출근한 다이애나는 뭔가 사무실 분위기가 심상치 않음을 느꼈다. 그리곤 기절할 듯이 놀랐다. 사무실 직원 45명이 모두 이상한 눈길로 자신을 지켜보는 가운데 마치 도배라도 하듯 온 벽에 덕지덕지 나붙은 자신의 누드 사진을 발견하게 된 것이다. "심지어 심부름하는 소년의 지갑 안에까지 제 누드사진이 들어있더라"며 분통을 터뜨리는 그녀가 더욱 견딜 수 없었던 것은 새 별명, 햇빛이 잘 그을은 누드 사진 속의 속살을 빗대 '놀라운 갈색피부'라

부르며 수군대는 것이었다.

　다이애나는 너무나 화가 난 나머지 직장을 사직하고 소송절차를 밟고 있는 중이다. 그녀의 변호사는 "설스 씨의 처사는 대단히 무책임하고 잔인하다"며 승소할 수 있을 것이라고 내다봤고 다이애나는 "조지는 신뢰를 져버렸을 뿐 아니라 나를 웃음거리로 만들었다"며 펄펄 뛰고 있다.

▌ 이름에 얽힌 기이한 일화

"장난도 아니고, 서류를 이렇게 작성하는 법이 어디 있습니까?"

1987년 3월. 미국 뉴멕시코 주의 토지국 직원은 가옥 매매 문서를 뒤적이다가 볼멘소리로 이렇게 말했다. 왜냐하면 어떤 집을 '사는 사람'이 '파는 사람'에게 구입한 것으로 기록되어 있었던 것이다.

뭐라고요? 집을 팔고 사는데, 사는 사람과 파는 사람이 만나는 것은 당연한 일이 아니냐고요?

당연한 이야기를 뭐가 이상하다고 하는지 정말 모르겠다고 생각하겠지만, 다음의 사연을 들어보면 어느 정도 이해가 될 것이다.

크리스천 사이엔스 교회의 목사인 론은 텍사스 주의 휴스턴 시로 이주하기 위해 자신이 살던 집을 내놓았다. 그런데 때마침 빌리란 사람이 집을 보러 와서는 단번에 마음에 들어 해서 아주 쉽게 계약이 성립되었다.

여기까지는 아무런 문제가 없이 아주 평범하게 일이 진행되었다. 하지만 매매 계약서를 쓰면서 이것이 예사롭지 않은 일임을 두 사람은 알게 되었다. 론의 성은 셀러(Seller, 파는 사람)였으며, 빌리의 성은 바이어(Buyer, 사는 사람)이었기 때문이다.

우연이라고는 하지만, 이렇게 절묘한 경우는 정말 드물 것이다.

그런데 더욱 거짓말 같은 일이 그 다음에도 일어났다.

　휴스턴으로 이주한 셀러는 아주 마음에 드는 집을 발견해서 계약을 했지만, 사정이 생기는 바람에 즉시 입주하지 못하게 되었다. 그래서 셋집을 빌렸는데, 그 집을 임대한 주인의 이름이 신기하게도 케이트 레서(Lessor, 임대인)였다고 한다.

▌교통사고 현장의 치킨 바비큐

우연의 일치는 때로 코메디와 같은 상황을 만들기도 한다. 여기에 소개하는 두 가지의 일화는 거짓말보다 더 거짓말 같은 진담임을 분명히 밝혀둔다.

미국에서 있었던 일이다.

로버트 마리라는 남자가 어느날 사냥을 나갔다. 그는 커다란 멧돼지를 발견하고 추격하던 중에 자그마한 동산에서 발을 헛디며 밑으로 구르게 되었다. 그 때 가지고 있던 총이 오발되어 총알이 자신의 배를 뚫고 지나갔다.

그런데 그는 공교롭게도 맹장을 앓고 있었다고 한다. 하지만 수술을 받는 것이 너무나 두려워 수술을 차일피일 미루며 고통을 참고 있던 중에 총알이 맹장을 관통해 버렸다. 말하자면 자기 스스로가 맹장 수술을 해 버린 셈이 된 것이다.

1997년 7월, 뉴욕의 한 다리 위에서 일어난 진기한 사건은 그야말로 개그 못지 않다.

그날 닭을 가득 실은 트럭이 다리 위를 달리고 있었다. 그 때 반대 방향에서 다른 트럭 한대가 달려오다 서로 충돌하면서 불이 나고 말았다. 다행스럽게도 그 안에 탔던 운전자들은 무사히 빠져 나왔는데, 트럭에 가득 실린 물건들이 고스란히 타는 것을 지켜보아야 했다.

그런데 놀랍게도 수많은 사람들이 불구경을 하러 몰려들면서 군침을 꿀꺽꿀꺽 삼켰다고 한다. 왜냐하면 닭을 실은 트럭과 바비큐 소스를 실은 트럭이 부딪쳐 불이 나면서 수많은 바비큐 치킨이 만들어졌기 때문이라나 뭐라나…….

▌ 당연한 착각

"신부인 칼렌 돈 사우스위크 양……. 아니, 아까의 성혼 선언문과 바뀐건가?"

목사님은 성혼선언문을 읽다가 고개를 갸우뚱거리며 혼잣말로 중얼거렸다. 그리고 신랑 신부와 양가의 친지들은 갑자기 식이 중단된 것에 대해 어리둥절하면서 서로의 얼굴을 쳐다보았다.

1984년 8월 11일, 영국 테튼홀의 어느 교회에서 한쌍의 결혼식이 거행되었다. 신부의 이름은 칼렌 돈 사우스위크였으며, 신부의 아버지는 알프레드 G 사우스위크였다.

그 결혼식은 물이 흐르듯이 순조롭게 진행되었으며, 두 사람은 친지들의 축복을 받으면서 다정하게 신혼 여행을 떠났다.

그로부터 3시간이 지난 후 같은 교회에서 다른 커플의 결혼식이 거행되었다. 그런데 목사님은 성혼 선언문을 읽다가 앞서의 결혼식이 있었던 신부인 칼렌 돈 사우스위크의 이름이 그 성혼 선언문에 다시 기재되었음을 알게 되었던 것이다.

목사님은 재빨리 성혼 선언문의 하단을 살펴보았다. 그 곳에는 양가 부모님들의 이름이 적혀 있었는데, 신부 아버지의 이름이 알프레드 G 사우스위크라고 되어 있었다.

그 순간, 목사님은 정말로 일이 잘못 되었다는 것을 느꼈다. 왜냐하면 앞서서 결혼식을 했던 신부 아버지와는 친한 사이였기 때문에 앞서의 신부 아버지 이름이 분명하다는 사실을 확인한 것이다.

목사님은 아마도 교회 사무실 직원이 착각을 해서 이번의 성혼 선언문에 엉뚱하게도 앞서의 신부 이름과 그녀의 부모님 이름을 기재한 것으로 결론을 내리고 식을 잠시 중단시켰다. 그리고 잘못 기재된 서류를 고치기 위해 사무실로 직접 뛰어 들어갔다.

식장에 모인 사람들은 모두가 깜짝 놀랐다. 식을 거행하던 목사가 갑자기 식을 중단한 채 자리를 비우다니 예사로운 일이 아니라 생각하고는 몇몇 사람들이 그의 뒤를 따라갔다. 그리고 그들은 곧 무엇이 잘못되었는지 알게 되었다.

믿기 어려운 일이지만 몇 시간 사이로 식을 올린 신부 두 사람의 이름은 물론 그들의 아버지 이름까지도 알프레드 G 사우스위크로 완전히 똑같았던 것이다. 물론 그 두 쌍의 부녀들은 이제까지 한 번도 만난 일이 없다고 한다. 그런데 하필이면 같은 날 같은 교회에서 식을 올리는 바람에 이처럼 한바탕의 소동이 벌어진 것이다.

기적 같은 우연의 일치가 아닐 수 없다.

▌어떤 도둑의 완벽한 계획

'트로이의 목마'를 이용하듯 관을 이용해 박물관의 귀중품들을 털려던 지능범 부자가 체포됐다. 주인공은 미국 태생인 앤터니 리브스(58). 그는 최근 관 속에 숨어들어 스페인 톨레도의 미술 박물관을 털겠다는 생각으로 실행에 옮겼으나 결정적인 순간에 실패했다.

리브스는 박물관이 문을 닫는 주말을 이용, 자신의 아들 제이슨(27)이 만든 관 속에 누워 톨레도 박물관 안으로 배달(?)돼 들어갔다.

자세한 확인이 어려운 폐관 시간(오후 6시)이 임박해 배달된 이 관에는 이집트 미이라 No.198034, 카이로 고미술 박물관이라는 딱지가 붙어 있었다.

밤이 깊은 뒤 리브스가 관에서 빠져나와 박물관의 문을 열면 아들 제이슨과 또다른 공범이 들어와 박물관을 통째로 들어낸다는 것이 이들의 계획이었다.

리브스는 물 한 병, 베개, 초콜릿 3개, 소변용 빈 물병과 화장실용 두루마리 휴지 등 생존을 이한 필수 도구들을 갖고 들어가 있었다.

그러나 이들은 결정적인 순간에 쓴맛을 봐야 했다. 경비원이 리브스가 들어가 있는 관 위에 무거운 청소 도구함을 옮겨 놓은 채 퇴근해 버린 것.

주말 내내 리브스의 신호를 기다리던 공범들은 아무 대책없이 눈이 빠졌고, 결국은 월요일 아침 7시경 박물관 문을 연 경비원이 사람 살리라는 리브스의 비명 소리를 들었다.

경비원에 따르면 리브스는 탈수 증세를 보였고 생매장 당했다는 공포로 제정신이 아니었다고.

경찰의 추궁으로 리브스는 범행계획과 공범들의 거처를 자백, 결국 완벽한 계획의 기발한 범죄는 구상 단계에서 끝나버리고 말았다.

그러나 경찰에 따르면 리브스는 투덜거릴 입장이 아니다.

"그 관은 박물관에서 가장 인적이 드문 곳에 놓여 있었기 때문에 어쩌면 몇 주 동안 아무도 건드리지 않았을 지도 모릅니다. 한 마디로 구조된 것이 천만다행이죠."

▌강도 앞에서 포즈 잡은 사나이

'은행 강도를 배경으로 김치─.'

미국 버지니아주 리치몬드의 와코비아 은행에 근무하는 스펜서 햄
릭 주니아는 우연치 않은 기회에 '은행 강도'와 함께 사진을 찍는 놀
라운 경험을 했다.

잡지사와의 인터뷰를 마치고 마지막으로 자신의 사무실에서 사진
촬영을 하던 그는 고객을 배경으로 찍어 보자는 사진기자의 요청에
따라 은행 창구로 나갔다. 곧 손님 한 명이 창구로 들어섰고, 사진기
자는 "이 때다"라며 연신 셔터를 눌러댔다. 하지만 손님이 나가자 곧
은행은 아수라장으로 변했다. 창구 직원이 "방금 저 사람은 은행강도

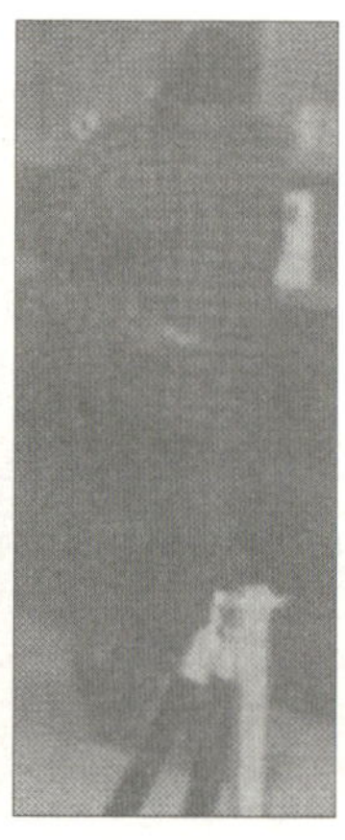

였어요!"라며 다급한 목소리로 외쳤기 때문이었다.

처음에는 이 말을 믿으려 하지 않았던 햄릭과 사진기자는 출동한 경찰을 보고 나서야 비로소 자신들이 강도를 배경으로 사진을 찍었다는 사실을 알았다. 게다가 은행의 CCTV에 강도의 모습이 잡히지 않아 당황해 하던 경찰들은 불행 중 다행으로 우연히 찍힌 사진을 보고 수사에 착수할 수 있었다.

11.
키스 백과

■ '키스시' 숫자 경쟁

고대 로마의 서정시인 카투르스는 기원전 1세기 유행을 선도하면서 쾌락과 성적 욕망을 노래한 것으로 유명하다. 그의 '키스시'는 지금까지 모든 시인의 모델이 될 정도이다.

1,000의 입술을 내게 주렴
몇 천 번이고 입술을 맞추자
당신도 나도 그만 횟수를 잊어버릴 정도로.

카투루스의 이 작품을 모방한 후세 시인들은 서로 다투어 키스의 숫자경쟁을 벌이기 시작했다.

네덜란드의 시인 요한스 시칸더스(1511~36)와 셰익스피어의 라이벌이라고 자칭한 벤 존슨(1572~1637)이 대표적 모델이다. 시칸더스는 '키스'에서,

1만 번 키스를
10만 번씩
100만 번의 키스를……

이라고 카투루스보다 무려 10배, 100배나 욕심을 부렸다. 존슨은 '하나가 되기까지'에서,

> 당신의 키스 횟수가
> 들판의 목초 수만큼
> 들의 모래 수만큼 될 때까지

라며 한 술 더 떠 계산의 한계를 넘어섰다.
또 영국 르네상스 때의 대표 시인 로버트 헤릭은,

> 1,000의 키스가 100만 번
> 100만의 키스를 3번
> 그 때 처음부터 다시 시작하자

라고 읊고 있다.

- 「굿데이」에서 발췌 -

▊ 에로틱 키스가 낳은 정상위

사람이 정상위로 섹스를 하기 시작한 것은 언제부터일까?

『사랑엔 어째서 끝이 있는가?』를 쓴 미국 인류학자 헬렌 피셔에 따르면 적어도 360만년 전부터다. 이는 두개골 화석을 분석한 결과를 바탕으로 내린 결론이다.

그는 정상위를 통해 오르가슴뿐만 아니라 애정을 느꼈을 것이라고 추정한다. '정상위는 파트너의 얼굴을 보고 속삭임을 나누면서 하는 체위'이기 때문에 그런 추측이 가능하다고 한다.

그런데 고대인이 정상위를 개발한 데는 키스가 절대적으로 공헌했다는 것이다. 에로틱 키스가 성적 욕구에 불을 붙이는 것은 고대인에게도 마찬가지이다. 진한 키스를 나누다가 불이 붙은 상태에서 체위를 바꾸는 것은 무리다. 그래서 있는 그대로 다음 단계로 넘어간 것이 바로 정상위라는 것이다.

따라서 정상위는 키스를 모르는 다른 영장류에서는 볼 수 없다. 진한 키스가 일반화돼 있지 않은 대부분의 아프리카인은 상당 기간 후배위만을 지켜왔다고 한다.

▌ 키스는 '본능'의 상품

영화산업은 키스에서 시작됐다. 초기 영화 제작자들이 키스를 주목한 것은 '본능'의 상업적 가치를 알았기 때문이다.

키스신이 담긴 최초의 영화는 1896년 봄 에디슨 컴퍼니가 제작한 《메이 어윈과 존 라이스의 키스》이다. 영화 첫머리에 키스 장면을 확대해 30초간 담아낸 이 영화는 미국 시카고에서 개봉된 후 평론가와 보수층으로부터 뭇매를 맞았다. 그러나 필름이 닳을 때까지 미국 전역에서 상영됐다.

그 해 런던에서도 키스신이 담긴 코미디 영화가 제작됐다. 그러나 본격적인 키스 영화는 프랑스가 제작한 3분짜리 성교육 영화《신부의 잠자리》다. 신랑이 신부의 실내화를 벗긴 다음 발에 키스하는 장면은 아직도 키스신의 고전으로 불릴 정도로 예술적 감각이 뛰어난 작품이다.

이후 '키스 영화'는 더욱 영역을 넓혀 1915년에는 마침내 진한 섹스 장면의 성인영화로 발전하게 된다.

▋ 강제키스 방어 가능

짝사랑이나 순간적인 욕망으로 남의 입술을 훔치는 이른바 ‘도둑 키스’는 가능하다. 또 힘으로 밀어붙이는 강제 키스도 마찬가지다.

그러나 잠든 사이에 도둑질 당하는 건 어쩔 수 없지만, 강제 키스의 경우는 방어하려고만 든다면 얼마든지 완벽한 방어가 가능한 것이 강간과 다른 점이다.

성폭력의 경우 남자는 상처 하나 입지 않고 일을 끝낼 수 있는 것이 피해 여자로서는 분통이 터지는 일이다. 그러나 키스는 다르다. 입은 이라는 중무기로 완벽하게 무장하고 있기 때문에 힘으로 밀고 들어오는 혀를 마음만 먹으면 싹둑 잘라버릴 수 있다.

실제 강제 키스를 하다가 혀를 물리거나 잘린 사건이 심심찮게 일어나고 있다. 그런 까닭에 사랑과 친밀함이라는 윤활유가 없으면 불가능한 것이 키스다.

키스를 가장 순수한 섹스라고 부르는 것도 이 때문이다.

▌ 염분과 피지 서로 교환

키스를 하면 뇌 속에 각성제인 엔도르핀 분비가 촉진돼 오르가슴에 이르게 된다.

단지 상대방의 입술과 혀를 애무하는 것만으로 이처럼 '놀라운 결과'를 얻는 데 대해 학문적 관심이 쏠리기 시작한 것은 극히 최근의 일이다.

한때 키스는 연인끼리 관능적이며 정신의 상징인 숨을 서로 주고받는 것이라고 생각했다. 그러나 행동과학이 발달함에 따라 이러한 철학적이고 추상적인 것이 아니라 좀더 구체적인 사실이 밝혀지기 시작했다.

우선 키스로 주고받는 것은 염분과 피지. 피지는 입술 안쪽 피지선(皮脂腺)에서 분비된다. 조류의 경우 교미기가 되면 흥분한 파트너에게 자신이 씹은 먹이(여기에는 염분과 피지가 포함된다)를 먹여준 다음 짝짓기에 들어간다. 하지만 피지선을 제거해 버리면 파트너는 다른 짝을 찾아 떠나버린다고 한다.

이를 통해 키스의 성적 흥분을 유발하는 첫 단추는 염분과 피지를 서로 주고받는 것임이 확인됐다.

▌ 젖 빨기는 키스 교과서

유아가 젖을 빠는 것은 키스의 원형이다. 이 때문에 모유가 됐든 우유가 됐든 젖을 빨 때 유아의 본능적 행동 하나하나는 키스 교과서가 되는 셈이다.

특히 젖을 먹는 유아는 한결같이 눈을 감는 것이 공통적인 특징이다. 젖을 먹으면서 눈을 감는 것은 그렇게 해야 어머니의 체온과 젖맛을 감각적으로 완전히 느낄 수 있기 때문이다.

때때로 눈을 떠서 어머니의 얼굴을 보는 것은 눈과 입을 통해 젖을 먹는 쾌감과 안도감을 확인하면서 어머니와의 유대를 더욱 강하게 만드는 것이라고 해석한다.

키스 역시 마찬가지다. 눈을 감으면 온몸으로 도취감을 느낄 수 있다는 것이다. 눈을 뜨면 이러한 쾌감이 시각을 통해 분산돼 감정의 낭비가 생기게 된다. 키스 때 눈을 감는 것을 본능적 행동으로 보는 것도 이 때문이다.

그러나 눈을 감았다가 순간적으로 눈을 떠서 상대방의 존재를 확인하면 도취감이 2~3배로 늘어나는 효과도 있다고 한다.

▌ 성형 입술로도 멋진 키스

키스의 최전선인 입술이 신경섬유의 탄력조직이 많이 들어있는 근육세포로 구성돼 있다는 것은 잘 알려진 사실이다. 그러나 키스를 할 때 이 근육이 어떻게 움직이는 지에 대해서는 최근까지 별로 알려진 것이 없다.

다만 두 입술 근육의 수축운동쯤으로 알고 있었다. 그러나 사고로 다친 입술을 성형했을 때 키스가 잘 안된다는 환자의 불평이 잦자 한 의사가 '입술 연구'에 나섰다.

영국의 성형외과의인 거스 맥그로저는 런던대학 의과대의 협조로 연구팀을 구성했다. 우선 시체의 입술 해부에 나섰다. 30명 이상의 입술을 해부한 끝에 내린 결론은 '교과서에 기술된 입술에 관한 내용은 대부분 허구'라는 것이다. 즉 키스는 근육 몇 개가 움직이는 정도가 아니라 극히 복잡한 운동임을 밝혀 내고, 이를 컴퓨터 동영상으로 공개했다.

이 영상을 통해 키스의 메커니즘을 명확히 이해했다는 맥그로저는 '성형 입술로도 멋진 키스를 할 수 있는 날이 올 것'이라고 장담했다.

■ '문화 벽' 허무는 세계 공통의 언어

키스는 결코 근대 유럽의 '발명품'이 아니라는 것이 인류학자들의 공통된 견해다.

1992년 186종의 서로 다른 문화를 조사한 결과 87퍼센트가 키스와 연애감정이 관련 있는 것으로 밝혀졌다.

인류학자의 현장조사에 응한 전 세계 사람들 가운데 90퍼센트가 키스를 한 적이 있다고 대답했다. 동양인처럼 대중 앞에서 키스를 하지 않는다고 해서 키스를 모르는 게 아니다. 실제 베이징대학은 1991년 캠퍼스 안에서 남녀학생이 손을 잡거나 팔짱을 끼는 것, 그리고 키스를 하는 것에 대해 금지령을 내렸을 정도다.

그러나 아프리카 원주민 가운데 극히 일부는 '문화적 이유'로 키스에 심한 혐오감을 가지고 있다. 특히 문화 중에는 여성의 성욕 억제가 주류를 이루는 데, 여자가 입술에 장식 고리를 달고 다니는 것이 대표적 케이스. 입술 고리는 음핵제거, 음순 봉합 등 할례와 궤를 같이 하는 것이다.

그러나 키스를 혐오하는 사회라도 연인의 얼굴을 핥거나 깨무는 '유사 키스'는 즐긴다고 한다.

▌ 키스와 오케스트라 협연

마음이 가는 곳에 몸도 간다고 했던가? 사랑하는 사람끼리 꼭 껴안으면 당연히 '운동'이 따르게 된다.

어깨·목 등 근육은 말할 것도 없고, 전신의 근육이 총동원 돼 '사랑의 밀도'를 높여준다. 여기에 순환·내분비 계통에도 동원령이 내려져 키스라는 이름의 장대한 사랑의 심포니가 연주되는 것이다. 물론 들을 수는 없다. 이 '소리없는 사랑의 심포니'를 무대에 올린 행사가 있었다.

10여년 전 파리에서 열렸던 한 콘서트의 '키스 실연 행사'가 그것이다.

콘서트에 온 300여 청중이 주최측의 설명을 듣고 자발적으로 무대로 올라가 지휘에 맞춰 10분간 열렬한 키스를 했던 것이다. 말하자면 키스의 라이브 퍼포먼스였다.

콘서트 주최자는 온몸의 연주인 키스와 오케스트라의 협연을 기획한 것이라고 설명했다. 그러나 무대에 올라온 사람들이 키스에 열중하느라고 과연 연주된 음악을 들었는지는 의문이다.

▌키스는 몸 달구는 기상나팔

아무리 투박한 남자라도 그 입술 생김새는 여자의 '그 곳'과 비슷하다. 또 민감도 역시 비슷하다며, '비밀의 세계'로 들어가는 이구라는 성격도 닮았다.

입술, 입, 혀, 치아에 이르기까지 개인차는 있어도 남녀차는 없다. 이 때문에 '진한 키스'는 남녀간에 이루어지는 섹스행위 가운데 가장 모범적인 평등성을 갖는다고 볼 수 있다. 만약 입이 남자의 '그것'이라면 시도때도 없이 발기해 길을 가는 사람을 민망하게 만들 것이라는 우스갯소리도 있다.

키스라는 기상나팔이 울리고 나면 섹스와 연관된 모든 인체 기능이 활발히 움직이기 시작한다. 키스를 하면 몸이 뜨거워지면서 남녀의 '가장 민감한 기관'에까지 신호를 보낸다. 당연히 대뇌도 전신에 비상을 걸어 갖가지 부대행동에 불을 지펴준다. 손가락·혀 등이 바쁘게 움직이며, '뜨거움'은 더욱더 절박해 진다. 따라서 '섹스는 머리로 한다'는 말은 생리학적으로도 맞는 말이다.

▮ 키스만으로도 오르가슴

키스가 절정에 이르면 가장 민감하게 반응하는 곳 중의 하나가 후각이다. 무려 1만가지 냄새를 맡게 된다는 것이다. 그러나 이 냄새는 대개 연인의 체취이기 때문에 몸을 더욱 뜨겁게 만드는 촉매제가 된다.

혈압은 평소의 2배로, 맥박수도 120까지 빨라진다. 동맥과 정맥도 이를 감당하느라고 바쁘게 움직여 체온은 더욱 더 높아진다. 혈액 순환에 가속이 붙으면 당연히 '그 부위'도 충혈돼 모든 준비가 갖추어지게 마련. 학문적인 용어로 '성교 전 활동'이다. 성과학자들이 말하는 '전희'가 바로 이 단계다.

당연히 체력 소모도 따르지만 별로 걱정할 정도는 아니다. 오르가슴과 맞먹을 정도의 열렬한 키스라도 1분간에 소모되는 열량은 겨우 4.6kcal이다.

그러나 심장만은 열량과 관계없이 중노동을 감당해야 한다. 맥박수 120은 오르가슴 때의 150과 별로 차이가 없다. 이 때문에 심장의 부담만을 놓고 본다면 키스만으로도 오르가슴에 이를 수 있다는 결론이 나온다.

▌키스의 전류작용

정열적인 키스 도중에 전신이 마비되는 느낌을 받는다는 사람이 적지 않다. 그러나 이것은 단순한 느낌이 아니라 실제 마비가 온 것임이 실험 결과 밝혀졌다.

영국 거스 맥그로저 팀이 키스하는 남녀의 입술과 뺨에 전극을 달아 키스 중에 뇌에서 안면근육으로 흐르는 전류를 조사했다. 그 결과 평상시와는 비교가 안 될 정도의 많은 전류가 흐르는 것을 확인했다.

이 대량의 전류가 마비증세를 유발하는 첫째 이유다. 입술은 구조적으로 진피와 입안 점막의 중간에 해당하기 때문에 외피 가운데 가장 민감하다는 것이 마비를 유발하는 둘째 이유다. 입술에는 신경이 집중돼 있는 데다가 예민하기 때문에 일시적으로 대량의 전류가 흐르면 이를 감당해 내는 데 무리가 생겨 마비증세가 온다는 것이다.

따라서 정열적인 키스를 했는데도 마비를 느끼지 못했다면 자신의 입술이 그만큼 둔감하다는 증거다.

▌키스는 전신운동

　입술의 아름다움은 움직임 속에 있으며, 그 움직임이 바로 키스다. 유명한 스타의 입술도 다물고 있을 때는 별다른 매력이 없다. 입술이 아름답게 보일 때는 움직일 때, 특히 키스할 때다.

　'딥 키스'를 할 때는 우선 목과 등근육의 힘을 빌려 몸을 앞으로 숙이는 준비단계가 필요하다. 또 코와 코가 서로 부딪치지 않게 머리를 한쪽으로 기울여야 한다. 그 다음에는 두개골 가운데 유일하게 움직이는 뼈인 턱과 34개의 안면근육이 동원된다.

　서로 꼭 껴안기 위해서는 팔 근육이 필요하고, 진짜 정열적인 키스일 때는 전신의 모든 근육을 사용하게 된다. 또 키스로 촉발된 욕구로 전신이 긴장상태에 들어간다. 서서 하는 키스일 때는 직립 자세를 유지하기 위한 또다른 에너지가 필요하게 된다.

　이 모든 것을 생각할 때 키스는 비록 칼로리 소모는 별 게 아니더라도 '정열적인' 전신운동임이 분명하다.

너무나 엽기적인 **기담과 괴담**

*

발행일 - 2003년 12월 20일

*

구 성 - 김 영 진
펴낸이 - 이 규 종
펴낸곳 - 엘맨출판사

*

서울시 마포구 합정동 433-62
출판등록 - 제10-1562호(1985. 10. 29)

*

TEL - (02) 323-4060
FAX - (02) 323-6416
e-mail - elman1985@hanmail.net

*

잘못된 책은 바꾸어 드립니다.

*

값 7,000원